THE MYSTERY II

사상 최악의 사건

철멍뭉(장철훈)

구독자 45만 명, 조회수 2억 5,000만 회의 유튜브 채널 '철멍뭉'을 운영하며 미스터리, 기묘하고 무서운 사건·사고, 괴담을 소개한다. 가볍게 보기 좋은 이야기부터 온몸에 소름 돋는 이야기까지, 무서운 걸 좋아하지만 심장은 약한 사람들을 위한 콘텐츠를 제작하고 있다. 세상엔 아직 당신이 모르는 재미있고 으스스한 이야기들이 잔뜩 숨어있다. 철멍뭉은 그런 모두에게 흥미로울 이야기를 찾아다닌다.

유튜브 | www.youtube.com/@mungmoong2

THE MYSTERY II

더 미스터리 2 : 사상 최악의 사건

초판 1쇄 발행 2023년 12월 31일

지 은 이 철멍뭉(장철훈)
펴 낸 이 김동하

펴 낸 곳 부커
출판신고 2015년 1월 14일 제2016-000120호
주 소 (10881) 경기도 파주시 산남로 5-86
문 의 (070) 7853-8600
팩 스 (02) 6020-8601
이 메 일 books-garden1@naver.com
인스타그램 www.instagram.com/thebooks.garden
포 스 트 post.naver.com/books-garden1

ISBN 979-11-6416-187-4 (03810)

차 례

미공개 X파일

닛세이가쿠엔 고등학교

1900년대 일본에는 체벌은 물론 비윤리적인 교육방식을 가진 고등학교가 있었다고 한다. 그 이름은 닛세이가쿠엔 고등학교.

닛세이가쿠엔은 아오타 츠요시가 설립한 사립 고등학교로 교육을 위해서 학생들에게 가한 폭력과 인권유린은 상상 이상으로 심각했다. 예를 들어 일반적인 고등학교를 생각해보면 체계적인 교육방식과 커리큘럼으로 학생들을 좋은 대학교에 보내는 것을 목표로 하고 있다. 그런데 닛세이가쿠엔의 설립자인 아오타 츠요시는 "인간은 땀을 흘려야 마음이 깨끗해진다"라는 철학인 듯 고집을 갖고 있었기 때문에 학생들을 빡세게 굴려 학교가 마치 쌍팔년도 군대를 방불케 하는 모습이었다. 닛세이가쿠엔의 미친 듯한 규칙들을 잠시 살펴보자.

〈닛세이가쿠엔 고등학교 생활 규칙〉

교장 선생님 말씀

생활방식을 바꾸지 않으면 진정한 인간이 될 수 없다.
인간은 땀을 흘려야 마음이 깨끗해진다.

<닛세이가쿠엔 학생이 꼭 지켜야 할 필수사항>

하나, 12:00~04:00 총 4시간 만이 취침 시간이다.

*평일과 주말 동안 단 1분의 자유시간도 없음

둘, 학기 중 3주 방학 때만 밖에 나갈 수 있다.

~~*나가기 위해선 탈출이 필요~~

셋, 한 달에 한 번 면회가 가능하다.

*외부 물품 반입 금지

넷, 교장 선생님 말씀처럼 졸업하기 전까지 혹독한 걸레질을 하며 땀을 흘려야 한다.

다섯, 오락을 금지한다.

*신문, 텔레비전, 핸드폰, 라디오 등 바깥의 소식을 접할 수 있는 모든 전자기기와 오락거리가 포함

여섯, 학교에서 하루에 한 번 지급하는 우유와 빵을 제외하면 어떠한 간식도 먹을 수 없다.

일곱, 교장 선생님 훈화 말씀 때 한눈을 팔거나 졸면 경고를 받는다.

위의 규칙을 어길 시 끔찍한 매질과 얼차려, 선배들의 구타와 더불어 관심 학생이 되어 더 집중적으로 관리한다.

이렇게 모든 게 통제되는 학교에서 3년간 지낼 수 있는가? 잘 지낼 수 있다고 생각했다면 이 학생들의 일과를 봐라. 그 생각이 산산조각이 날 것이다.

오전

1. 〈아침 기상〉

· 기상과 동시에 복도로 전속력으로 달려 나와 일렬로 집합.

· 이후 상의를 탈의한 채로 땅바닥에 걸레질을 한다.

· 걸레질하는 동작이 절대 느려져서는 안 되며, 항상 소리를 질러 기합을 넣어야 한다.

· 만약 대충하다가 걸리면 선배에게 빰을 맞는 등 가혹행위가 이루어진다.

· 소변기와 변기는 맨손으로 빡빡 문지르며 닦는다.

2. 〈등교〉

· 학생들 모두 오와열을 맞추어 뜀걸음으로 등교한다.

· 이후 강당에 모여 선생님의 열정 넘치는 훈화 말씀을 들은 뒤, 춤을 추며 교가를 부른다.

3. 〈청소〉

· 아까 했던 청소는 생활관 청소이며, 이번엔 학교를 청소한다.

· 강당, 복도, 계단 등 학교의 모든 곳을 다 같이 걸레질하는데, 하루 종일 소리를 지르며 청소하느라 학생들의 목이 대부분 쉬어있다.

4. 〈수업〉

· 수업은 국어, 영어, 수학과 같은 일반 교과목, 농업, 자동차 정비, 럭비, 역도, 검도, 야구 등 여러 가지 과목이 많다.

· 수업이 끝나면 다 같이 운동장에 모여 체조를 한 뒤, 마라톤을 뛰어야 한다.

5. 〈식사〉

· 취사장에 들어갈 때도 좀비처럼 소리를 지르며 달려가야 하며, 자리에

빠르게 착석한다.

· 밥이 맛있는지는 모르겠으나, 양은 많이 주며, 밥 먹을 때가 유일하게 조용한 시간이다.

6.〈저녁 일과〉

· 모든 하루 일과가 끝나면 또 다시 생활관 건물의 청소가 시작된다.

· 밤이 되면 야자를 해야 한다.

아무래도 학생들은 이런 엄격한 통제하에 있다 보니 선후배 기강이 꽉 잡혀있었고 그로 인해 교내 폭력이 없을 수 없는 환경이었다. 취침 시간엔 선배들이 잠을 안 재우고 구타하여 잠을 잘 수 없는 상황이었으며 1학년을 부르는 호칭은 "노예" 2학년을 부르는 호칭은 "평민" 3학년을 부르는 호칭은 "영주"였다. 또한, 군대에도 탈영병이 있듯 이 학교에도 도망치는 학생들이 있었는데 만약 어느 학생이 도망치는 상황이 발생하면 탈주자를 잡을 때까지 학교에 남아있는 학생들은 모든 활동을 멈추고 하루 종일 정좌 자세를 유지했다고 한다. 따라서 도망쳤다가 다시 잡혀 들어오게 되면, 선배들에게 더 심한 구타 및 가혹행위를 겪어 다시는 도망칠 생각을 못 했다.

그렇다면 명색이 고등학교인데, 학생들은 좋은 대학에 갈 수 있었을까? 당연히 아니었다. 닛세이가쿠엔은 애초에 대학교 진학을 위해 만들어진 곳이 아니었기 때문에 학생들의 성적은 전국에서 바닥을 쳤으며 명문 대학교는 꿈도 못 꿨고 일반 대학교에 진학한 학생도 거의 없었다.

하지만 그런 닛세이가쿠엔에서 드물게 성공한 인물로 평가받는 사람들이 있는데 우선, 하마다 마사토시. 그는 일본 연예계에서 정상급에 위치한 개그맨으로 일본 사람들에겐 호불호가 있는 편인데 그 이유는 하마다가 방송에서 다른 출연자에게 싸대기를 날리거나 발길질, 박치기를 하는 등 상당히 폭력적으로 웃기려고 하는 스타일이기 때문이다.

다음은 이마다 코우지. 그는 일본 방송계에서 사회자 능력이 최정상급이라 평가받는다. 코우지는 어렸을 적 닛세이가쿠엔에 입학했다가 1년도 못 버티고 학교를 도망쳐 나왔는데 운 좋게도 퇴학처리를 당했다고 한다.

지금까지 설명한 내용과 같이 닛세이가쿠엔은 인권이라곤 찾아볼 수 없는 학교였다. 학교생활에 적응하지 못해 스스로 목숨을 끊는 학생들도 있었으며 의문의 이유로 사망한 사람들도 있었다. 그럴 때마다 학교 측에선 이렇게 말했다고 한다.

"학교에서도 학생들을 24시간 내내 감시할 수는 없다."

마치 자신들의 책임은 없다는 듯 회피하는 뉘앙스다.

이렇게 학생들을 억압했던 닛세이가쿠엔은 무려 1990년대까지 존속되어오다가 학생 인권 문제와 저조한 대학 진학률로 인해 결국 자사고로 전환되며 지금은 평범한 고등학교가 되었다.

다크 웹 판매 물건

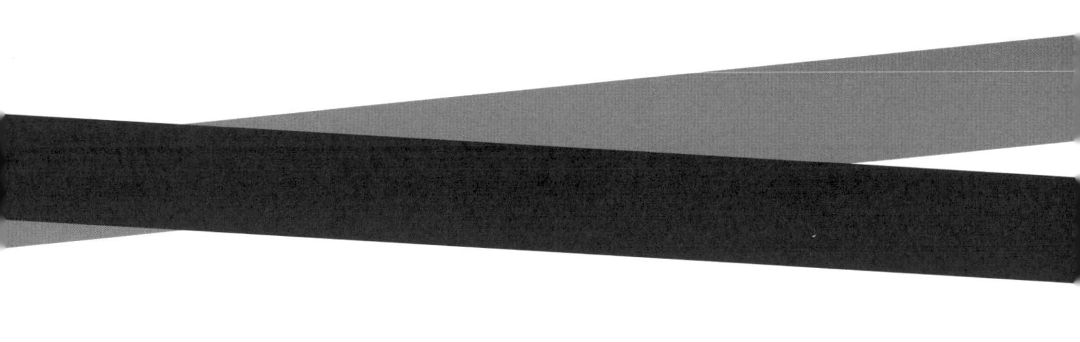

딥 웹(Deep Web)은 크롬이나 마이크로 엣지 등 많은 사람이 일반적으로 사용하는 검색 엔진으로는 접속이 불가능한 웹사이트를 뜻한다. 가끔 다크 웹과 딥 웹을 같은 말로 생각하는 사람들이 있는데 다크 웹의 경우 허가를 받아야 하는 네트워크나 특정 소프트웨어만으로 접속할 수 있는 네트워크들 가운데 웹사이트만을 따로 부르는 용어다. 딥 웹은 일반 검색 엔진에 잡히지 않는 모든 것을 뜻하기 때문에 커다란 딥 웹이라는 영역 안에 다크 웹이 속해있다고 할 수 있다. 우리가 흔히 사용하는 인터넷 영역은 서페이스 웹이라고 부른다.

다크 웹이라는 용어가 세상에 널리 알려진 계기는 2009년 미국 FBI가 온라인 거래 사이트인 실크 로드(Silk Road)를 적발해 폐쇄시키면서 시작된다. 하지만 당시 이 사건을 보도하던 뉴스에서 다크 웹과 딥 웹을 혼용하여 마치 이 두 용어가 같은 것처럼 잘못 사용되기 시작했다. 다크 웹은 사용자 IP 주소를 여러 계층에서 암호화하고 여러 개의 분산된 경로를 통해 접속하도록 만들었기 때문에 범죄에 이용되는 사이트는 대부분 다크 웹에 속한다. 이 정도로 접근하기 힘든 걸 보면 그냥 범죄를 위해 만들어진 수준이다. 또한, 다크 웹은 추적하기가 어려워 은밀한 비밀거래를 할 때 사용되는데, 그렇다면 다크 웹에서 판매되는 충격적인 것들에 대해 알아보겠다.

첫 번째, 청부 살인

다크 웹에서 진짜다 아니다를 두고 가장 논란이 많은 청부 살인 사이트. 사이트 소개글에 따르면 의뢰를 받은 킬러들이 타깃을 납치, 구타, 화형 등으로 살인을 할 수 있다고 한다. 의뢰를 하려면 사이트에서 죽이고 싶은 사람의 이름과 주소, 사진과 이메일, SNS 계정과 전화번호 등 개인 정보를 입력해야 한다. 또한 가격은 타깃의 위치나 킬러의 실력, 예산 등에 따라 달라진다. 비교적 저렴한 사

이트는 1~2만 달러 정도로 청부 살인이 가능하다.

한편 그들은 킬러를 모집하는 구인 공고를 쓰기도 하는데 모집 조건은 "자신이 살인자라는 기술과 경력을 증명할 수 있는 자"이다. 이 외의 특이한 청부 살인 방식으로는 "크라우드 펀딩 형 살인 청부"가 있다. 이 방법은 특정 인물을 암살하기 위해 많은 사람에게서 돈을 모은 뒤 목표 금액을 충족하면 타깃을 암살하는 방식이다. 지금도 어디선가 청부 살인이 이루어지고 있을지도 모른다.

두 번째, 마약

대부분의 나라에서 마약은 불법이지만 외국에선 생각보다 마약을 쉽게 구할 수 있다. 아니 생각해보면 그렇지도 않다. 요즘은 대한민국에서도 원하면 1시간 안에 마약을 구할 수 있다고 한다. 그렇게 호기심에 한번 해봤다가 중독돼서 다크 웹을 찾는 사람들도 있다. 일반적인 방식으로 결제를 하면 경찰에게 추적당할 수 있기 때문에 구매자가 암호 화폐로 결제하면 판매자가 특정 장소에 드롭(물건을 놔두고 감)한 뒤 물건을 찾아가는 방식으로 진행된다.

2021년에 검거된 마약 판매자들을 살펴보면 필로폰, 합성 대마류 등이 72.9%, 대마초와 해시시 오일 등이 21.3%, 코카인, 펜타닐 등이 6.9%였다. 또한 마약을 거래한 사람들의 나이대를 조사한 결과 20대가 37.9%로 가장 많았으며, 30대가 29.2%, 40대가 16.5%, 그리고 10대가 2.6%로 가장 낮았다.

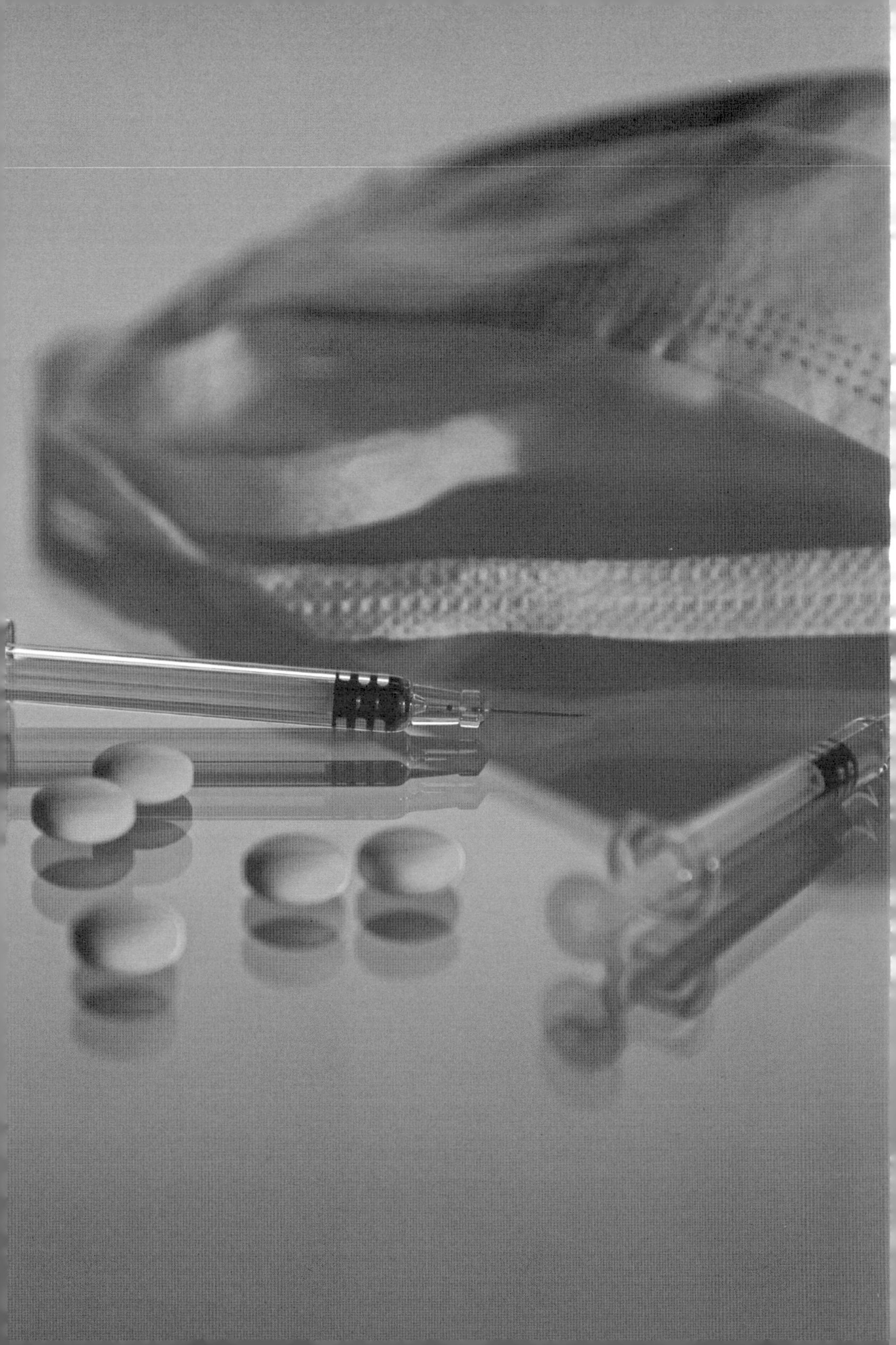

세 번째, 죽지 않는 비법서

어느 날 다크 웹에 이상한 물건 하나가 올라왔다. 상품명은 "영원히 사는 방법(How to Live Forever)", 가격은 단돈 2달러로 약 2,400원이다. 2,400원만 있으면 영원히 사는 방법을 알 수 있다.

네 번째, 인간의 신체 및 장기

넷플릭스의 오징어 게임을 보았는가? 오징어 게임에는 사회에서 의사였던 참가자를 이용해 진행 요원들이 장기를 밀매하는 장면이 나온다. 불법으로 사람의 신체를 사고 파는 장기매매. 지금 이 순간에도 어딘가에서 분명히 일어나고 있다. 2012년 세계보건기구(WHO)에 따르면 불법 장기이식 수술이 매년 1만 건 이상 발생한다고 한다.

그중에서도 가장 인기가 많은 부분은 신장(콩팥)이다. 실제로 2015년에 가출 청소년을 유혹하여 장기매매를 시도하던 조직이 있었는데 다행히 부산 해운대 경찰서에서 검거한 사건도 있었다. 장기 밀매의 총책인 A(43세)와 B(42세) 외 12명을 구속하고 장기 판매를 시도한 35명을 불구속 입건했다. 그들은 가출 청소년(18세)에게 장기를 판매하면 거액을 주겠다며 숙소를 제공해준 뒤 장기매매를 시도했다. 하지만 막상 시간이 다가오자 가출 청소년은 무섭다고 거절하게 되고 이에 실랑이를 벌이던 중 경찰이 검거에 성공한다.

다섯 번째, 리신

리신(Ricin)은 피마자라는 식물의 씨앗에 포함된 독성 단백질로, 약 2mg만 있으면 성인 한 명을 죽일 수 있는 맹독이다. 또한, 리신은 역사상 가장 오래된 독극물이다. 영화에서 보면 원주민들이 화살촉에 독을 발라 사냥하거나 싸움에 사용하는데, 이때 화살촉에 바르는 독이 리신이다. (독화살개구리의 독도 사용)

2013년 4월 17일, 당시 미국의 대통령이던 오바마에게 편지 한 장이 도착했는데 그 편지에서 리신이 검출됐다고 한다. 그 말은 즉, 오바마가 마음에 안 들었던 범인이 그를 죽이기 위해 보낸 편지였던 것이다. 이후 범인은 검거되었다.

여섯 번째, 가짜 여권 및 자격증

다크 웹에 들어가서 구할 수 있는 가짜 문서로는 출생 증명서, 여권, 학력 증명서 등 여러 가지가 있다. 범죄를 저지를 때 필요한 가짜 신분증을 만든다거나, 명문 대학교 졸업장을 만들어 사기를 칠 수도 있다. 또한 현실적으로 접근해보면 가짜 자격증을 만들어 취업을 하는데 사용할 수도 있다.

만약 다크 웹에 들어갔다면 어떤 것을 가장 먼저 해 보고 싶은가? 가짜 여권 만들기? 마약 구매? 하지만 명심해라! 여기에 소개된 것들은 모두 범죄이며, 언젠가 들킬 수 있다는 사실을.

소설 같은 믿기 힘든 희귀 증후군 TOP 5

증후군이란 정신적, 신체적 질병에 걸렸을 때 2가지 이상의 증후를 보이는 것을 말한다. 의학과 심리학에서 증후군은 여러 개의 증상이 나타나지만 그 이유를 전혀 알 수 없는 경우를 뜻한다. 그럼 쉽게 볼 수 없는 마치 소설 같은 증후군을 알아보자.

TOP 5
과잉기억증후군

친구들과 대화를 하던 중 어떤 단어가 기억이 안 나서 알아내려고 안간힘을 썼던 적이 있을 것이다. 사람들은 그럴 때면 굉장히 답답해하는데, 과잉기억증후군을 앓고 있다면 이런 걱정을 할 필요가 전혀 없다. 왜냐하면 그들은 한 번 보거나 겪은 일은 모두 기억하기 때문이다.

그럼 과잉기억증후군을 가진 사람들은 맨날 시험에서 100점을 맞을까? 아쉽게도 그건 아니다. 그들은 단순 암기나 학습 능력이 뛰어난 것이 아니라 자신이 겪었던 인생을 통째로 기억하는 양상이기 때문이다. 실제로 호주 퀸즐랜드에 살고 있는 "레베카 샤록"이란 여성은 전 세계에 100명도 안 되는 과잉기억증후군을 앓고 있다. 그녀는 자신이 어머니의 자궁 속에 있던 태아 시절부터 병원의 인큐베이터에 있다가 퇴원하는 날, 자신이 태어나서 처음 꾸었던 꿈마저 완벽히 기억하고 있다. 레베카는 자궁 속에 있던 기억을 이렇게 표현했다.

"어두운 곳에서 다리 사이에 머리를 두고 있는 장면이 떠오른다. 마치 자궁 속 같다."

구글에 검색해보면 그녀가 자궁 속에 있던 장면을 그린 그림도 있다. 레베카는 모든 사람이 자신과 똑같이 인생을 전부 기억한다고 생각했지만 23살이 되어서야 검사를 통해 자신이 과잉기억증후군인 것을 알게 됐다. 살면서 겪었던 모든 사소한 일을 기억한다는 건 어떤 기분일까? 만약 10년 전 오늘 먹었던 저녁밥, 어렸을 적 친구와 재밌게 놀던 기억이라면 아무 문제 없을 것이다.

하지만 이 증후군의 환자들은 자신이 사랑하던 사람과의 이별, 가족과의 사별 등 과거의 슬픈 감정 또한 현재 겪고 있는 일처럼 생생히 느낀다고 한다. 따라서 레베카도 인생의 모든 것을 기억하는 것이 전혀 좋은 일이 아니며, 오히려 저주라고 말한다. 마치 과거와 현재를 동시에 사는 것 같은 느낌이라고 호소한다. 아직 과잉기억증후군의 발생 원인은 밝혀진 것이 없으며 일반적으로 오래된 기억들은 우전두엽에만 저장되는데, 과학자들은 이 증후군이 양쪽 전두엽 모두에 기억을 저장하는 것으로 보고 있다.

TOP 4
외계인 손 증후군

1908년 의사 골트슈타인은 오른쪽 뇌에 뇌졸중을 앓고 있는 환자의 사례를 기록한다. 뇌졸중이란 뇌에 혈액을 공급하는 혈관이 막히거나 터져 그 혈관을 통해 혈류를 공급받던 뇌세포가 손상을 입어 언어장애와 같은 다양한 신경학적 장애가 생기는 질환이다. 이러한 뇌졸중의 영향이었을까? 환자는 왼쪽 다리에 힘이 없으며 왼쪽 팔이 마음대로 움직이지 않는다고 걱정한다.

이후 원인을 분석한 결과 오른쪽 뇌와 왼쪽 뇌가 서로 소통을 못 하고 각각 따로 기능했기 때문이었다. 현재까지 학계에 정식으로 보고된 환자는 약 50명으로 굉장히 보기 드문 증후군이다. 외계인 손 증후군을 겪는 사람들의 증언에 따르면

환자 1: 회사에 출근해야 돼서 오른손으로 셔츠 단추를 채우는데 왼손이 자꾸 단추를 풀어버려요. 결국엔 그날 지각해서 부장님한테 엄청 깨졌죠.

환자 2: 제 멀쩡한 손이 담배에 불을 붙여 입에 물었는데, 반대 손이 자꾸 담배를 뺏어서 버려요. 올해로 강제 금연 1년 차입니다.

환자 3: 어느 날 커피를 마시려고 컵을 들었는데, 외계인 손이 난리를 피우는 바람에 커피를 다 흘렸어요.

환자 4: 외계인 손이 제 목을 조릅니다. 점점 제 손에게 생명의 위협을 느껴요.

이처럼 외계인 손 증후군을 가진 환자들은 3가지 특징이 있다. 첫 번째, 사지가 억제되고 이성적인 환경 자극에 반응하는 경향이 있다. 두 번째, 제어되지 않는 외계인 손의 운동 신경들이 마치 그 팔이 또 다른 자아를 가지고 있는 것처럼 움직이게 한다. 세 번째, 외계인 손 증후군을 가진 팔의 행동에는 분명한 목표가 있으며 의식을 가지고 있다.

예전에 한 프로그램에서 외계인 손 증후군 환자들에게 실험을 한 적이 있다. 우선 환자의 눈을 가린 채 외계인 손에게 열쇠를 쥐어 주었다. 그리고 그것이 무엇인지 맞춰보라고 했는데, 환자는 열쇠를 연필이라 대답했다. 이후 열쇠를 정상적인 손으로 잡게 하자 환자는 단번에 열쇠임을 알아차렸다.

이 증후군의 무서운 점은 자신의 팔을 통제하지 못한다는 것도 있지만 어느 순간 외계인 손의 행동이 과격해지거나 자신을 해치려 한다면 24시간 내내 자신의 팔에게 공격받을 수도 있다는 두려움에 떨어야 한다는 것이다. 외계인 손 증후군은 스트레스를 많이 받거나 환자의 집중력, 주의력 수준이 낮을 때 더욱 나타나기 쉽다는 말이 있지만 제일 큰 이유는 뇌졸중이나 뇌수술이라고 한다. 뇌에 종양이 생겨 이를 치료하기 위해 뇌량 절제술과 같은 수술을 한 이후 특정 뇌 부위에 손상이 생겨 외계인 손 증후군이 나타난다고 한다. 안타깝게도 아직 완벽한 치료법은 나타나지 않았다. 말로만 들으면 신기하고 기괴한 증후군이지만 실제로 겪고 있는 환자들은 하루하루 고통 속에서 살고 있다.

TOP 3
무드셀라 증후군

현대인들의 상당수는 자신의 풋풋했던 첫사랑, 또는 잘나가거나 행복했던 과거를 그리워한다고 한다. 그런데 무드셀라 증후군은 자신의 기억을 왜곡하면서까지 나쁜 기억들을 모두 지워버리고 좋았던 추억들만 남겨두려고 하는 증후군이다. 이 증후군의 이름 “무드셀라”는 성경에 나온 인물로 과거를 너무도 그리워한 탓에 969세까지 살았다고 한다.

무드셀라 증후군을 가진 사람들은 과거로 돌아가고 싶다는 말을 자주하는데 이 정도가 심해지면 심각한 문제가 발생한다. 그건 바로 과거에서 헤어 나오지 못하며 현실을 살아가지 못해 미래로 나아가지 못한다는 것이다. 무드셀라 증후군의 특징은 크게 3가지가 있다.

1. 지나치게 낙관적이며, 실수를 해도 반성하지 않고 그럴 수도 있다며 자기 합리화를 한다.
2. 안 좋았던 기억을 어떻게든 좋은 기억으로 바꿔버린다.
3. 안 좋은 기억은 그냥 잊어버린다. (아직 처리하지 못한 일을 그냥 기억에서 지우는 등 무책임한 사람이 될 수 있다.)

무드셀라 증후군의 대표적인 예로 사업이 잘되다 망했을 때 자신이 잘나가던 과거로 돌아가고 싶어 하는 경우가 있다. 하지만 과거는 이미 흘러가 다시는 돌아오지 않으며 우리는 언제나 더 행복한 오늘과 내일을 위해 열심히 살아야 한다. 따라서 자신이 무드셀라 증후군과 유사한 증상이 있다면, 이젠 현실

을 직시하고 자연스레 받아들이며 과거에 얽매이지 않고 한 걸음씩 나아가는 연습을 해야 한다.

TOP 2

프레골리 증후군

프레골리 증후군이란 세상의 모든 사람이 사실은 한 명의 사람이 연기하는 것이라 믿는 증후군이다. 예를 들어 자신의 부모님과 형제

자매, 친구들 모두 어떤 한 사람이 여러 가면을 쓰며 연기한다고 생각한다. 이 증후군의 이름인 프레골리는 이탈리아의 연극배우 "레오폴드 프레골리"에서 따온 것으로 프레골리는 무대에서 빠르게 변장하여 여러 배역으로 바뀌는 것으로 유명한 배우였기 때문에 이 증후군의 유래가 되었다.

이 증후군의 환자는 어떤 식으로든 상대가 자신을 스토킹하고 해를 입히기 위해 하루 종일 변장하고 지인인 척하며 자신을 따라다닌다고 생각한다. 그래서 처음 보는 낯선 사람도 자신의 친구라고 생각한다. 때때로 이 증후군의 환자는 낯선 사람을 친구로 느껴 우호적일 때도 있지만, 대부분 낯선 사람에 대해 적대적이며 경계심이 강하다.

또한, 프레골리 증후군 환자는 특정 과거의 기억을 떠올릴 때 자신이 어디에 있었는지, 무엇을 봤고 어떤 일을 겪었는지 정확히 기억하지 못하며 항상 불안감에 휩싸여 살아간다고 한다. 그리고 한 가지 골치 아픈 것이 있는데, 프레골리 환자는 믿음이 강하여 치료사가 그들의 망상이 현실이 아니라고 설득하는 게 매우 어렵다고 한다. 즉, 치료하기가 매우 힘들다.

프레골리 증후군은 주로 뇌손상에 의해 나타나는데, 이를 치료하기 위해선 인지 행동 치료와 약물 치료를 병행해야 한다.

TOP 1
잠자는 숲속의 공주 증후군

이 증후군은 "클라인레빈 증후군"으로도 불리며 수면과다증을 앓고 있는 환자들을 뜻한다. 디즈니의 잠자는 숲속의 공주를 보면 공주가 마녀에 의해 영원한 잠에 빠진다. 이 증후군의 환자들도 한 번 잠에 빠지면 짧게는 하루, 길게는 2주일이 넘도록 잠에서 깨지 않는다. 실제로 2016년, 인도네시아에 살고 있던 소녀 에차(Echa)는 오토바이를 타다가 사고가 나며 바닥에 머리를 부딪히는데 이후 잠에 들면 적어도 20시간 뒤에서야 깨어났다. 때문에 여러 병원을 다니며 검사를 받았으나 몸에는 아무 이상이 없다는 결과만 나왔다.

하지만, 시간이 흐를수록 에차의 증상은 더욱 악화되었다. 이젠 잠에 들면 며칠이 지나도 깨지 못했던 것이다. 에차가 잠을 자는 중에도 아버지가 어떻게든 음식을 먹였지만 수면 중 경련을 일으켜 응급실로 가는 일도 많았다. 에차의 경우 말고도 잠자는 숲속의 공주 증후군은 주로 10대에게서 나타나는데, 전 세계적으로 1,000명도 안 되는 희귀한 증후군으로 이 병의 발생 원인과 치료 방법은 아직 밝혀지지 않았다. 이 증후군을 앓고 있는 어떤 여학생은 이렇게 말한다.

"제 나이 또래 친구들은 다들 학교 가서 공부도 하고 놀면서 지내는데, 저는 맨날 집에서 잠들면 일어나지 못해 학교도 못 가요. 인생의 절반 이상을 침대에서만 살고 있어서 너무 속상해요."

그래도 다행인 점은 이 증후군이 몇 년 동안 지속되다가 어느 순간 점점 호전되기 시작한다는 것이다. 물론 가장 중요한 청소년기 시절을 잠만 자며 보내지만, 성인이 된 후 자연스럽게 치료되는 경우가 있기 때문에 현재 전문가들 또한 치료제 개발 및 발생 원인에 대해 연구 중이라고 한다.

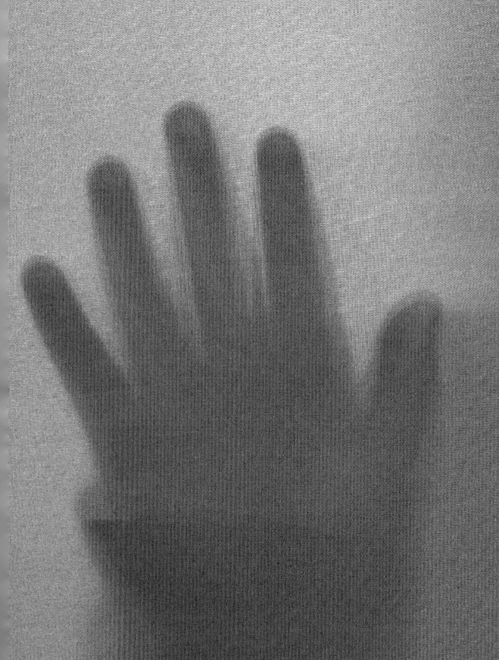

증후군(Syndrome)

원인을 알 수 없는 병의 이름에 증후군이 붙곤 한다. 증후군은 크게 신체적 증후군과 정신적 증후군으로 나눌 수 있는데, 이번엔 정신적 증후군 5가지를 알아보겠다.

신기하고
기괴한
정신적 증후군
TOP 5

TOP 5

카그라 증후군

만약 세상 사람들을 모두 못 믿게 된다면 어떨 것 같은가? 심지어 가장 가까운 사이인 가족마저도 믿지 못하게 된다면 삶이 피곤해질 것이다. 카그라 증후군은 1923년, 프랑스의 조제프 카그라 박사가 처음으로 발견한 정신병으로 이 증후군의 환자는 친구, 가족, 연인이 자신이 알던 사람이 아닌 또 다른 누군가가 그들의 모습으로 분장하여 그들인 척 연기한다고 믿는다. 자신을 속이기 위해 지인과 똑같이 생긴 누군가가 연기하고 있다고 생각하는데 이와 관련해 2007년 루첼리 박사는 자신이 직접 만났던 카그라 증후군 환자를 분석해 논문을 발표했다.

59세인 프레드는 어느 날 카그라 증후군 증세를 보이기 시작했다. 그의 아내는 그가 갑자기 자신을 "자신의 아내를 닮아서 흉내 내는 제3자"라고 생각했다고 한다. 그는 외출 뒤 집으로 돌아와서 부인을 보며 이렇게 말했다.

"내 아내는 어디 있어요?"

자신의 아내한테 아내가 어딨냐고 물어본

것이었다. 이런 황당한 질문에 그녀는 "지금 눈앞에 있잖아요. 제가 당신 아내예요!"라고 소리쳤다. 하지만 프레드는 그녀를 믿지 않았다. 그는 단호하게 "당신은 내 아내랑 매우 닮긴 했는데… 완전히 다른 사람이지 않소"라고 말했다. 그러고는 진짜 아내가 잠시 외출한 모양이라며 아내에게 얼른 집에서 나가라고 내쫓았다고 한다.

카그라 증후군은 주로 정신분열증 환자에게서 나타나며 뇌 손상이나 치매 환자에게서도 나타난다. 분명히 얼굴은 내 친구, 가족과 똑같이 생겼지만 함께 있을 때 느껴지던 익숙함과 친근함은 느껴지지 않고 낯선 사람이라는 느낌이 드는 무서운 증후군이다. 치료법으로는 항정신병약을 사용해 효과를 본 사례가 있다고 한다.

TOP 4
신데렐라 증후군

전 세계 모든 사람이 안다고 해도 과언이 아닌 "신데렐라"는 어려서 부모를 잃고 계모와 언니들에게 구박받는 삶을 살다가 요정을 만나 호박마차와 유리구두를 받고 왕자와 결혼하여 인생 대박난 여인의 이야기다. 이 이야기의 주인공인 "신데렐라"의 이름에서 따온 이 증후군은 말 그대로 신데렐라처럼 인생 역전을 꿈꾸는 사람들에게 나타나는 병이다. 이 증후군의 환자는 부모에게서 독립할 의지가 없고 연애 중인 이성에게 의존하며 어느 날 백마 탄 왕자님이 나타나 자신의 미래를 완전히 바꿔주길 바란다. 이는 정신적으로 미성숙한 10대 소녀들에게서 많이 나타나는데 현재 자신이 처한 상황에 대한 불만족이 주원인이라고 한다. 하지만 현실적으로 신데렐라 이야기처럼 재벌 집안과 일반인이 결혼하는 일은 거의 불가능하다는 통계가 있다. 그리고 만화 속 신데렐라조차 원래 귀족 출신이었다. 만약 신데렐라 증후군 환자가 재벌 집 아들, 딸을 만나 꿈같은 결혼에 성공했다 하더라도 부부 생활 중 불평등한 관계 속에서 눈치 보는 삶

을 살아야 한다. 그럼 주변 지인들이 이혼하라고 말하겠지만 이미 환자는 자립할 능력이 없어져 버렸기 때문에 사회생활을 다시 시작하는 것이 불가능하다. 자기자신의 삶은 본인이 책임져야 한다.

TOP 3

클뤼버 부시 증후군

클뤼버 부시 증후군은 1939년 클뤼버와 부시 박사의 연구에서 유래된다. 그들은 실험 목적으로 원숭이들의 측두엽 앞 부분을 모두 제거했는데 원숭이들의 행동이 너무 극단적으로 변했다. 이때 이 원숭이들의 이상한 행동들을 모아 클뤼버 부시 증후군이라고 이름을 짓게 되었다. 대표적인 증상은 다음과 같다.

1. 기억장애
   이 증후군의 환자들은 과거를 기억하지 못할 뿐더러 새로운 일을 겪어도 잘 기억하지 못한다.

2. 두려움 상실
   일반인이라면 무서워할 상황이 많이 있다. 공포영화를 본다거나, 내일이 월요일인 상황 등이 있다. 하지만 클뤼버 부시 증후군 환자들은 이런 상황에 전혀 두려움을 느끼지 못한다. 따라서 위험한 상황을 직면할 경우가 많아진다.

3. 구강 행위
   눈앞에 보이는 모든 것을 입으로 가져가며 먹으려고 한다.

4. 과도한 이상 성욕
   일반인과 다르게 이상한 포인트에서 성욕을 느낀다고 한다. 예를 들어 자동차, 나무, 아파트를 보고 성욕을 느끼며 성행위를 하고 싶어 한다.

클뤼버 부시 증후군 환자들의 행동을 전체적으로 보면 자신을 억제하는 능력이 모든 면에서 현저하게 떨어진다. 그러나 아쉽게도 현재 이 증후군을 치료할 방법은 없으며 대부분의 환자가 평생에 걸쳐 고통받다 죽는다고 한다.

TOP 2

스톡홀름 증후군

1973년, 스웨덴의 수도 “스톡홀름”에 있는 한 은행에 4명의 무장 강도들이 침입했다. 그들은 은행 직원들을 인질로 붙잡고는 6일 동안 경찰들과 대치하는데, 이때 강도들은 은행 직원들에게 무섭고 강압적인 태도를 보이지만 반대로 친절과 호의를 베풀기도 하며 인질들의 마음을 사로잡았다. 이후 강도들은 기나긴 대치 끝에 경찰에게 붙잡히게 되는데, 납치되었던 은행 직원들은 경찰에게 조사를 받던 중

오히려 범인들의 편을 들어주며 경찰을 적대시했다. 스톡홀름 증후군은 피해자가 가해자에게 동화되어 그들을 위해 도움을 주거나 오히려 보호해주는 증후군이다. 이는 자주성이 부족한 사람들에게 많이 일어나며 자신을 괴롭히던 가해자의 편이 된다는 것이 독특한 특징이다.

심리학자들의 말에 따르면 인질은 탈출이 불가능한 상황이 오면 살아남기 위해 범죄자와 협력해야 한다는 생각을 하게 되고 이때 그들이 조금이라도 친절을 베풀면 자신을 진심으로 걱정해준다고 과대해석하게 된다는 것이다. 물론 이 증후군에는 두 가지 조건이 있다. 첫째, 가해자가 위협적이지 않게 신사적으로 행동할 것. 둘째, 스톡홀름 증후군에 걸리려면 끔찍한 범죄 상황을 피해자로서 직접 겪어봐야 할 것.

이 증후군은 여러 드라마나 영화에서도 등장한다. 예를 들어 넷플릭스의 19금 영화 365 Days에서 여주인공이 마피아 보스에게 납치되지만 나중엔 둘이 사랑에 빠지게 되는 스토리가 있다. 자신을 납치한 남자에게 매력을 느끼는 여주인공과 여자를 납치해 놓고는 폭력적인 모습과 다정한 모습을 모두 보여주는 것이 스톡홀름 증후군의 전형적인 예시이다.

하지만 현실 속 범죄자는 비윤리적이며 납치, 강간, 살해 등 잔인한 행위를 서슴없이 저지르기 때문에 절대 스톡홀름 증후군에 대한 환상을 가지지 않도록 주의해야 한다.

TOP 1

리플리 증후군

리플리 증후군이란 현실을 부정하며 자신이 만든 거짓된 세상을 진짜라고 믿고 주변 사람들에게 거짓말을 하는 "반사회적 인격장애"를 뜻한다. 이 증후군의 환자는 대부분 현실과 자신이 이루고 싶어 하는 욕망의 차이에서 증상이 발현하는데 일반적으로 이 증후군의 출발은 자신의 부끄러운 콤플렉스를 숨기려고 거짓말을 하는데서 시작된다. 그러다 점점 자신이 했던 거짓말을 사실이라 믿게 되고, 결국 현실과 거짓을 구분하지 못하게 되는 증후군이다. 이 증상이 심해지면 그들은 자신만의 세계를 만들어 그 속의 거짓된 모습을 현실이라 착각하게 되는데 이게 단순히 거짓말에서 그치지 않고 타인에게 심각한 물리적, 정신적 피해를 입히는 수준까지 가게 된다.

사람들이 일반적으로 하는 거짓말과 리플리 증후군의 차이를 설명하자면 일반적인 거짓말은 어떠한 목적을 가지고 그것을 달성하기 위해 하는 반면 리플리 증후군은 특정한 목적이 없고 그저 거짓말 자체를 진짜라고 믿기 때문에 자신이 거짓말을 하고 있는지도 모르고 죄의식도 못 느낀다.

리플리 증후군의 정확한 발생 원인은 아직 밝혀지지 않았으며 치료하기도 매우 힘들다.

왜냐하면 애초에 리플리 증후군 환자들은 정신과에서 치료를 받을 의지가 전혀 없기 때문이다. 본인의 생각이 옳은 것이고 정답인데 왜 치료를 받아야하는지 이해하지 못한다. 또한, 거짓말임이 들통나더라도 절대 인정하지 않으며 자신의 말이 무조건 맞고 다른 사람은 다 틀리다는 의식이 깊게 박혀있다. 혹시 주변에 특정한 목적없이 거짓말하는 하는 사람이 있는가? 그렇다면 이 증후군을 의심해 봐야 할 것이다.

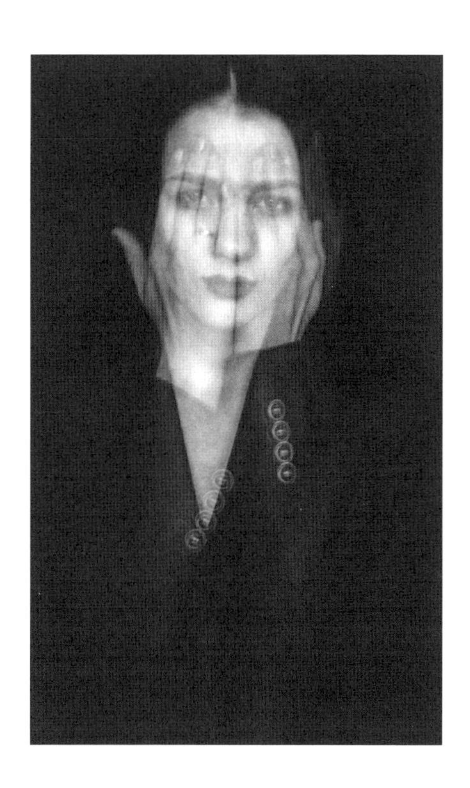

리듬 0

인간의 추악한 내면을 드러낸 행위예술 “리듬 0”

여기, 6시간 동안 마음대로 조종할 수 있는 젊은 여성이 서있다. 바로 옆엔 그녀에게 어떠한 행위를 할 수 있는 수많은 도구가 놓여있다. 당신이라면 그녀에게 6시간 동안 무슨 행동을 할 것인가?

1974년, 당시 무명이던 아티스트 마리나 아브라모비치는 인간의 본성을 실험하는 행위예술을 기획하게 된다. 그것은 바로 대중들 앞에서 6시간 동안 아무것도 하지 않고 사람들이 자신을 마음껏 건드릴 수 있는 공연. 심지어 미술관 안에는 이러한 지시문이 놓여있었다.

테이블 위에는 제게 원하는 모든 것을 할 수 있는 72가지의 물건들이 놓여있다. 저 역시 물건, 대상이다. 이 시간에 일어난 모든 일은 전적으로 제가 책임진다.

이때, 테이블 위에 있던 물건들 중 꽃과 초콜릿 같은 선물도 있었지만 칼, 쇠사슬, 채찍, 심지어 총과 총알도 있었다. 그리고 그녀는 몰랐다. 그날이 인생 최악의 하루가 될 것이란 것을. 퍼포먼스가 시작되고 사람들은 그녀에게 다가가 장미를 건네거나 깃털을 이용하여 간지럽히는 등 장난스러

운 행동을 취한다. 이때까지는 그녀도 아무 내색하지 않고 가만히 행위예술을 진행하는데 그러나 시간이 지날수록 점차 거친 행동을 하는 관객들이 나타난다.

처음엔 누군가가 그녀의 뺨을 때렸다. 마리나의 기분이 어땠을지는 모르겠지만 그녀는 미동도 하지 않고 행위예술을 계속했다. 이때 관객들은 마리나가 어떤 짓을 당해도 가만히 있다는 것을 두 눈으로 직접 목격하게 되고, 하나둘 내면에 숨겨져 있던 폭력성을 드러내기 시작했다. 누구는 그녀의 몸에 빨간색 펜으로 글씨를 쓰고 어떤 남성은 마리나가 입고 있던 셔츠를 찢어 버렸으며 그녀의 가슴 한가운데에 장미꽃잎을 붙이는 등 정도가 심해졌다. 그러다 누군가가 그녀의 몸에 장미 가시를 꽂고, 칼로 피부를 그어 몸에 피가 나도록 했으며 또 어떤 사람은 그녀의 몸에서 흐르는 피를 마시기까지 했다. 괴롭히던 사람들 중에는 처음에 장미를 건네던 상냥한 관객도 포함되어있었다. 참 아이러니한 장면이었다. 처음엔 마리나에게 꽃을 쥐어주며 상냥했던 사람이 이후엔 그녀에게 피해를 가해도 괜찮다는 것을 깨닫자 순식간에 폭력적인 사람으로 변해버렸다. 소름이 돋을 정도였다. 심지어 한 남성은 총을 내밀어 그녀의 손에 쥐게 한 뒤, 총구를 자신의 목에 갖다 대기도 했다. 결국 미술관에서는 그녀를 보호하려는 관객들과 그녀에게 가학적인 행위를 하려는 관객들끼리 다툼이 일어나기도 했다.

이 상황을 겪고 있는 마리나는 퍼포먼스 도중 잔혹한 행위들 때문에 극도의 공포감을 느끼고 눈물을 흘렸다. 하지만 그녀는 행위예술 중이었기 때문에 움직일 수 없었다. 그때, 군중에서 한 여성이 그녀의 모습을 보고 안타까웠는지 마리나의 눈물을 닦아주고 꼭 껴안아주었다. 또한, 옷이 벗겨진 마리나에게 다시 옷을 입혀주고는 그녀를 진정시키기 위해 입에 담배를 물려줬다.

그렇게 6시간이 흐르고 퍼포먼스가 끝나자 마리나는 움직이기 시작하는데, 이때 놀라운 일이 벌어졌다. 그녀에게 잔인하고 폭력적인 행위를 하던 많은 사람이 깜짝 놀라며 두려움을 느끼고 도망치기 시작한 것. 관객들은 마리나가 자신에게 위협을 가할 수 없는 상황일 땐 마음껏 괴롭혔지만 막상 그녀가 움직이니 무서움을 느꼈다. 이후 퍼포먼스가 끝나고 집으로 돌아간 마리나가 거울을 봤을 땐, 공연 도중 받은 극심한 공포감과 스트레스 때문에 머리카락 일부가 백발로 변해버렸다. 그녀는 나중에도 여러 행위예술을 하며 유명세를 떨쳤지만 더 이상 관중에 의해 통제되는 작품은 일체 하지 않았다. 이 퍼포먼스의 이름은 “리듬 0”로 인간의 내면에 숨겨진 어둡고 추악한 부분을 들춰낸 행위예술이다. 어떤 대상이 자신의 마음대로 다룰 수 있는 수동적인 것임을 알았을 때 그것을 대하는 인간의 행동은 정의롭지만은 않았다. 이 퍼포먼스는 40년이 지났지만 마리나는 요즘도 그때가 떠오른다고 한다. 만약 그 당시 미술관에 있었다면 마리나에게 어떤 행동을 했을 것 같은가?

사라진 남자 댄 쿠퍼 사건

1971년 11월 24일, 미국 포틀랜드에서 시애틀로 향하는 노스웨스트 항공 305편이 출발했다. 그 비행기엔 36명의 승객과 6명의 승무원이 탑승하고 있었는데, 그중엔 자신의 이름을 “댄 쿠퍼”라고 말하며 비행기 티켓을 구입한 남성도 타 있었다. 비행기는 예정대로 시애틀을 향해 비행하게 되고, 아무 문제없이 비행하던 중 비행기 맨 뒷줄의 가운데 좌석에 앉은 댄 쿠퍼가 음료를 주문하고 담배를 피웠다. 그러더니 복도 쪽에 있던 승무원에게 봉투 하나를 건냈는데, 승무원 “플로렌스”가 봉투를 받아 열어보니 그 안에는 충격적인 내용이 적힌 종이가 들어있었다.

“나는 여기에 폭탄을 들고 왔고 당신이 내 옆자리에 앉았으면 한다.”

플로렌스는 그의 옆좌석에 앉은 후 그가 들고 있는 검은색의 서류가방을 보니 그 안에는 다이너마이트가 들어있었다. 그리고 댄 쿠퍼는 승무원에게 이렇게 말했다.

"20만 달러와 4개의 낙하산을 준비하라. 그리고 시애틀에 도착했을 때 기름을 넣기 위한 급유 트럭도 필요하다. 웃기는 짓은 하지 마라. 그러면 나는 일을 벌일 것이다."

이후 플로렌스는 말을 전달하러 기장실로 가고, 대신 또 다른 승무원 "티나 먹클로우"가 댄 쿠퍼의 옆에 앉아 비행기 내 전화기를 통해 다른 직원들과 소통했다. 그 후로 1시간 30분 동안 비행기는 시애틀 근처를 빙빙 돌며 비행하고 연락을 받은 지역 및 연방 당국은 20만 달러와 낙하산을 준비하기 시작했다. 시애틀 지역 은행에서 20달러 10,000장이 준비되었으며 근처 스카이다이빙 학원을 운영하는 교관이 낙하산 4개를 지원해줬다. 그렇게 시애틀에 도착한 노스웨스트 항공 305편. 비행기 내의 승객들은 자신이 납치당했었다는 사실도 모른 채 시애틀에 무사히 도착하게 되고, 비행기 안에는 오직 4명의 승무원과 댄 쿠퍼만이 남아있었으며 승무원 먹클로우가 돈과 낙하산을 받아 비행기로 돌아왔다. 그리고 댄 쿠퍼는 두 가지 조건을 요구했다.

1. 기내의 불을 끈 상태로 랜딩기어를 내려 놓고 10,000피트 이하에서 비행할 것
2. 비행기 뒤쪽의 후미 계단이 열려진 상태로 멕시코 시티까지 비행할 것 (그러나 쿠퍼가 요구한 상태로는 비행기가 멕시코 시티까지 갈 수 없었기 때문에 결국 그는 후미 계단을 다시 올리는 데 동의했다. 먹클로우는 비행기가 공중에 뜨면 댄 쿠퍼에게 후미 계단을 내리는 방법을 가르쳐 주기로 했다.)

결국 305편은 오후 7시 36분경 시애틀에서 멕시코 시티를 향해 이륙했다. 그런데 비행기가 이륙한 지 5분도 안 돼서 댄 쿠퍼는 먹클로우에게 기장실로 가라고 명령했다. 그리고 그녀가 마지막으로 뒤돌아 그를 봤을 땐, 댄 쿠퍼는 통로의 한가운데 서서 낙하를 준비하는 듯 보였다고 한다. 이후 승무원은 기장실로 들어가 문을 잠갔고, 그렇게 아무 일도 일어나지 않은 채 비행기는 3시간 뒤 "리노"라는 지역에 무사히 착륙했다. 그리고 곧바로 경찰들이 출동했고, 기장과 승무원과 함께 기내를 살펴봤는데 댄 쿠퍼와 폭탄의 흔적은 하나도 남아있지 않았다. 그리고 후미 계단이 열려있었고 약간 손상되어있었다.

그럼 한 가지를 추측할 수 있다. 댄 쿠퍼는 비행기가 시애틀에서 이륙하자마자 승무원을 기장실로 보냈고 돈과 폭탄을 챙기고 낙하산을 맨 채 어두운 하늘을 뚫고 후미 계단을 통해 떨어졌을 것이라고. 이후 FBI 요원들이 비행기를 수색하는데 댄 쿠퍼가 피우던 담배, 그가 맸던 넥타이, 그리고 그가 남겨두고 간 2개의 낙하산이 발견됐다. 또한, 승무원들을 조사하는 과정에서 그의 몽타주가 완성됐는데 세련된 40대 남성의 모습이었다. 이후 FBI는 댄 쿠퍼의 낙하지점을 예상하여 대대적인 수색 작업을 펼쳤지만 그곳은 나무가 울창한 숲이었기 때문에 당국은 전혀 댄 쿠퍼의 흔적을 찾지 못했다.

그렇다면 FBI는 그를 추적하기 위해 어디에 초점을 맞췄을까? 바로 그가 탈취한 20만 달러의 돈이었다. 댄 쿠퍼가 가지고 사라진 20달러 지폐들에는 일련번호가 찍혀 있었는데, FBI는 모든 지폐의 일련번호를 국민들에게 퍼트렸다. 또한, 일련번호가 같은 지폐를 발견한 사람에게 보상금을 내걸기도 했다. 그러나 예상과는 다르게 그 누구도 제보를 하지 않았다.

결국 10년이 흐르고, 한 어린 소년이 워싱턴 남부 해변에서 놀다가 모래 속에서 5,880달러의 돈뭉치를 발견하게 된다. 그의 부모님은 당연히 댄 쿠퍼 사건을 기억하고 있었고 해변에서 주운 돈뭉치를 FBI에게 보내는데, 조사 결과 놀랍게도 돈뭉치의 일련번호는 댄 쿠퍼가 가져갔던 돈과 일치했다. 그런데 아쉽게도 주변엔 더 이상 댄 쿠퍼의 흔적이 남아있지 않았으며 나머지 돈의 행방도 알 수 없었기 때문에 댄 쿠퍼를 더 추적하는 건 불가능했다.

그렇다면 여기서 궁금한 점은, 과연 댄 쿠퍼는 비행기에서 낙하할 때 무사히 착륙한 걸

까? 사실 많은 사람이 그가 낙하할 때부터 죽었을 거라고 생각한다. 실제로 댄 쿠퍼가 뛰어내린 날엔 심한 비바람이 불고 있었으며 어두운 하늘에 구름도 많아 댄 쿠퍼는 자신이 어디에 있는지 모르고 낙하했을 것이다. 심지어 그가 4개 중 선택한 낙하산은 조종할 수 없는 낙하산이었다. 따라서 그저 비바람이 부는 방향으로 어딘지도 모르는 위치에 떨어졌을 것이다.

여기서 재밌는 사실이 있다. 댄 쿠퍼는 승무원에게 낙하산을 요구할 때 상당히 전문적인 지식을 가진 것으로 판단되었다. 스카이다이빙 스쿨에서 비행기가 납치되었다는 소식을 듣고 급하게 낙하산을 준비하느라 4개 중 하나는 작동이 잘 안 되는 낙하산을 준비했다고 한다. 그런데 댄 쿠퍼는 하필 골라도 이 망가진 낙하산을 가지고 떨어졌으며 나머지 하나도 오래되고 낡은 낙하산을 들고 사라졌다. 따라서 사람들은 그가 낙하산 뽑기를 잘못하여 사망했을 것이라고 추측했다.

이에 반대 의견이 나타났다. 그들은 댄 쿠퍼가 가져간 망가진 낙하산은 단지 돈 가방을 감싸 보호하기 위함이었으므로 작동이 안 되도 상관없었을 것이라고 말한다. 또한, 그가 남기고 간 나머지 2개의 낙하산은 일반인들이 쓰는 좋은 낙하산이었지만, 댄 쿠퍼가 사용한 낡고 오래된 것은 군용 낙하산이었다. 만약 그가 군인 출신으로 낙하 훈련을 받았다면 자신이 자주 사용해봐서 익숙한 군용 낙하산을 고른 것이라고 주장한다.

그렇다면 그는 왜 노스웨스트 항공을 선택한 걸까? 먹클로우가 댄 쿠퍼의 옆에 앉아있을 때 범행 동기를 물어봤는데, 그는 이렇게 대답했다고 한다.

"당신의 항공사에 원한이 있어서가 아닙니다. 내가 억울한 게 있기 때문입니다. 그리고 노스웨스트 항공 305편이 제가 원하는 적재적소에 있었을 뿐이죠."

또한, 먹클로우의 말에 따르면 댄 쿠퍼는 비행기에 대해 많은 것을 알고 있었으며 비행 중이던 지역의 지형에 익숙한 것처럼 보였다고 한다. 그리고 그는 증거를 거의 남기지 않을 정도로 치밀했다. 비행기에서 처음 대화한 승무원인 플로렌스에게 줬던 협박 편지를 다시 회수해갈 정도였으니 말이다. 따라서 증거가 될만한 댄 쿠퍼의 필기체는 비행기 표에 쓰인 이름이 전부였다. 그런데 댄 쿠퍼라는 이름 또한 가명이었으며 실제로는 존재하지 않는 사람이었다. 그렇다면 댄 쿠퍼로 추정되는 사람이 한 명도 없었을까? 아니다. FBI는 댄 쿠퍼로 의심되는 용의자를 여럿 찾게 되는데, 그중 유력한 용의자 4명을 살펴보자.

1. 리차드 맥코이

댄 쿠퍼와 동일한 수법으로 비행기 납치를 시도한 적이 있는 범죄자다. 승무원에게 종이를 통해 협박 편지를 건넸으며 쿠퍼와 동일하게 "웃기는 짓은 하지 마라"라는 말을 사용했었다. 또한, 현금 50만 달러와 4개의 낙하산을 요구했었으며 후미 계단을 통해 비행기를 탈출했다. 여기까지 보면 댄 쿠퍼와 거의 동일 인물로 추정되는데, 그는 비행기 납치 후 2일 만에 잡혔고 승무원은 모두 맥코이를 보며 댄 쿠퍼가 아님을 확신했다. 그는 단순히 댄 쿠퍼를 모방한 범죄를 저지른 사람이었으며 댄 쿠퍼 사건 당일 라스베이거스에 있었다는 알리바이가 증명되었다.

2. 로버트

육군 공수부대원으로 복무했으며 폭발물을 다뤘었다. 그리고 그의 삼촌은 "존 쿠퍼"라는 스카이 다이버였다. 또한, 그는 조사과정에서 자신이 댄 쿠퍼라는 것을 인정하지도 부정하지도 않았다. "저도 제 자신을 못 믿겠다"라고 말한 로버트는 사건 당시 28살이었기 때문에 승무원이 진술한 댄 쿠퍼의 연령대와 상당히 엇갈려 결국 용의 선상에서 제외되었다.

A BULLETIN FROM THE F.B.I.

Following is an artist's conception of the hijacker who extorted $200,000 from Northwest Airlines on November 24, 1971.

THIS MAN IS DESCRIBED AS FOLLOWS:

Race	White
Sex	Male
Age	Mid 40's
Height	5' 10'' to 6'
Weight	170 to 180 pounds
Build	Average to well built
Complexion . . .	Olive, Latin appearance, medium smooth
Hair	Dark brown or black, normal style, parted on left, combed back; sideburns, low ear level
Eyes	Possibly brown. During latter part of flight put on dark, wrap-around sunglasses with dark rims
Voice	Low, spoke intelligently; no particular accent, possibly from Midwest section of U.S.
Characteristics . .	Heavy smoker of Raleigh filter tip cigarettes
Wearing Apparel .	Black suit; white shirt; narrow black tie; black dress suit; black rain-type overcoat or dark top coat; dark briefcase or attache case; carried paper bag 4'' x 12'' x 14'', brown shoes

If you have any information which might lead to the identity of this individual, please contact the nearest FBI Office which would be found in the front of your telephone directory.

출처
https://commons.wikimedia.org/wiki/File:DB_Cooper_Wanted_Poster.jpg

3. 케네스

2차 세계대전 도중 공수부대원으로 복무한 적이 있다. 또한 노스웨스트 항공에서 정비사와 승무원으로 근무한 적도 있었다. 당시 댄 쿠퍼는 왼손잡이로 추정되던 상황이었는데 케네스 또한 왼손잡이었다. 그리고 케네스가 1994년 사망하기 직전 동생에게 이런 말을 했다고 한다.

"네가 알아야 할 것이 있지만 나는 말해줄 수가 없어."

이후 케네스의 가족은 그의 계좌에서 20만 달러가 넘는 금액을 발견해 댄 쿠퍼와 매우 비슷한 상황이었는데, 알고 보니 그 돈은 갖고 있던 땅을 팔아 얻은 돈이었으며 승무원들은 케네스의 얼굴을 보고 댄 쿠퍼와는 다른 느낌이라고 말했다.

4. 듀웨인 웨버

아내에게 말했다. "당신에게 말할 비밀이 있다. 내가 댄 쿠퍼다"라고. 그의 아내는 웨버가 비행기에서 뛰어내린 후 무릎 부상을 입었으며 비행기 후미 계단에 자신의 지문을 남기고 와버려 자주 악몽을 꿨다고 말했다. 또한 그는 범죄기록이 꽤 많았는데, 아쉽게도 노스웨스트 항공 305편에서 나온 모든 지문을 대조해본 결과 웨버의 지문은 나오지 않았다.

과연 댄 쿠퍼는 누구였을까? 그는 지금 이 순간에도 어디선가 우리와 함께 살아가고 있을 수 있다. 또한 앞서 설명한 4명의 용의자들 중 한 명일 수도 있다. 결국 2016년, FBI는 자신들의 패배를 인정하고 공식적으로 댄 쿠퍼 사건을 종결했다. 따라서 앞으로도 댄 쿠퍼는 평생 미스터리한 존재로 남을 것이다.

로어 모음

LORE

소문으로 전해 내려오는 믿기 힘들지만 설득력 있는 이야기

출처를 알 수 없지만 사실로 구전되는 소름 돋는 이야기

첫 번째 이야기

붉은 원피스의 여성

일본 여행을 가봤는가? 그럼 필수적으로 오사카를 가봤을 것이다. 오사카의 우메다 지역엔 이즈미 광장이 있는데 이곳은 귀신이 자주 목격된다고 한다. 목격자들의 증언에 따르면 새빨간 원피스를 입은 여자가 돌아다니는데, 무심결에 쳐다봤다가 눈을 마주치면 온몸이 굳어버린다고 한다. 당연히 움직이지 못할 뿐더러 말도 안 나오기 때문에 도움을 요청할 수가 없다. 그리고 귀신으로 보이는 여성이 당신을 향해 빠르게 쫓아오는데, 이때 중년의 남성이 나타나 구해준다고 한다. 신기한 건 이 일을 직접 겪은 사람들은 며칠이 지나면 두 남녀의 생김새를 잊어버리게 된다.

둘은 누구였으며 무슨 사이일까?

두 번째 이야기

백 투 더 퓨처

어느 날 한국에 살고 있던 김씨는 고속버스를 타고 서울에서 부산으로 향하던 중 창밖으로 이상한 광경을 목격한다. 버스 옆에서 같이 달리던 승용차 한 대가 있었는데, 처음 보는

디자인의 차가 어디론가 사라졌다가 다시 나타나는 것을 반복하는 것. 이를 이상하게 생각한 김씨는 승용차의 번호판을 확인하다가 깜짝 놀라게 되는데, 왜냐하면 번호판에는 번호가 아닌 다른 것이 적혀있었기 때문이다.

미래로 돌아갈 수가 없다

이내 승용차는 엄청난 속도로 질주하며 사라지더니 다시는 볼 수 없었다고 한다.

세 번째 이야기

교도소 신부님

어떤 교도소에 큰 골칫거리인 난폭한 사형수가 있었다고 한다. 말도 안 듣고 다른 범죄자들과 자주 싸움이 났지만 워낙 무섭고 잘 싸웠기에 어떤 교도관들도 그를 말릴 수 없었다. 그나마 그를 진정시킬 수 있는 방법으로 생각한 것이 교도소에 있던 신부님과 만나게 하는 것이었다. 신부님께 좋은 말씀을 듣고 신앙심이 생기면 사형수도 어느정도 차분해지리라 생각했다. 그래서 결국 신부님과 사형수 단둘이 독방에서 면담을 나누었는데, 이때 신부는 성경 안에 한 쪽지를 숨겨서 건넸다. 쪽지의 내용은 이러했다.

[교도소 안에서 난리 좀 피우지 말고 사고치지 마라. 지금 보스가 너를 감옥에서 빼내려고 애쓰고 있으니까.]

사형수는 이 쪽지를 본 후 신부도 자신과 같은 조직원이라고 믿었다. 그리고 이후로도 신부와 사형수는 자주 면담하며 쪽지를 주고받았다. 그러다 사형수의 사형 집행이 얼마 안 남은 시점에 신부가 건넨 쪽지에는 이렇게 적혀있었다.

[지금까지 고생했다. 작전은 순조롭게 진행되고 있다. 조금만 기다리면 너도 세상 밖으로 나올 수 있을 거다. 작전은 사형이 집행되는 마지막 순간에 실행한다.]

그리고 사형 당일, 사형수는 자신을 귀찮게 굴던 교도관들이 당황할 표정을 생각하며 웃으면서 전기의자로 향했다. 그는 사형이 집행되기 직전 조직원의 개입으로 인해 큰 사고가 발생해서 자신이 무사히 탈출할 수 있을 것이라 믿었다. 사형수는 그렇게 사형을 위해 얼굴에 천을 덮는 순간까지 웃고 있었다. 하지만 반전은 없었다. 조직이 사형수를 배신한 걸까? 이후, 교도관들은 신부에게 그 난폭하고 흉악한 자를 어떻게 얌전하게 만들었는지 물어봤다. 이내 신부는 알 수 없는 미소를 지으며 이렇게 말했다.

"저는 그에게 희망을 주었습니다."

네 번째 이야기

불사신

현재 텔로미어의 연구가 활발히 진행 중이다. 텔로미어란 염색체 말단에 배열되어있었으며, 인간이 나이가 들어 죽는 이유는 몸속의 텔로미어가 점점 소모되어 사라지기 때문이다. 하지만 전문가의 말에 따르면, 인류가 시작되고 지금까지의 긴 세월 동안 확률적으로 5명의 인간은 텔로미어가 닳지 않는 특이 체질일 것이라고 한다. 즉, 불사의 존재로 태어났을 것이며, 지금도 어딘가에서 우리와 함께 살아가고 있을 것이라 말한다.

다섯 번째 이야기

의문의 남녀

1900년대 중반 우크라이나의 산속에서 신원불명의 남녀가 발견됐다. 그들의 독특하고 처음 보는 인상착의와 괴상한 행동으로 인해 외국의 스파이로 의심했던 당국은 그들을 구속했지만, 심문하던 중 둘 다 사망해버려서 그들의 정체를 조금도 파악하지 못하였다. 특이한 점은 남녀의 팔에 기하학적인 그림의 문신이 새겨져 있었는데 소련 붕괴 이후 밝혀진 자료에 따르면, 그 문신의 모양은 가축의 육질을 나타내는 등급과 유사했다고 한다. 마치 인류가 소고기나 돼지고기에 등급을 나누듯이.

여섯 번째 이야기

엔돌핀

인간의 뇌는 고통이 극에 달했을 때 몸에 대한 제어를 지속하기 위해 마약 성분인 엔돌핀을 활성화시켜 고통을 잊고 오히려 쾌락을 느끼게 한다. 말 그대로 사람이 몸속에서 자체적으로 마약같은 성분을 생산해내는 것이다. 이와 관련해 미국의 한 대학 연구 결과에 따르면, 극한의 고통에서 죽을 뻔했던 많은 사람이 구조된 후 스스로 목숨을 끊는 경우가 많다고 한다. 학자들은 이를 죽기 직전 느꼈던 최고의 쾌락을 잊지 못하고 다시 느끼기 위해 스스로 죽음의 문턱으로 갔다가 결국 사망한 것이라고 추측한다.

일곱 번째 이야기

피난처

1900년대 미국, 어느 국가의 테러 위협이 있을 당시 시카고에 거주하던 한 재벌은 넓은 땅을 매입한 뒤 땅속을 핵 피난처로 개조했다. 핵전쟁이 나면 그 즉시 지하로 대피해야 그나마 살아남을 가능성이 생기기 때문이다. 그는 수십 년을 버틸 수 있는 생필품과 식량을 저장해뒀으며 피난처에 핵전쟁이 일어나면 자동으로 입구를 잠금하는 장치도 만들어 놓았다. 그러던 어느 날 남성은 피난처 내부를 점검하고 청소도 할 겸 혼자 안으로 들어갔는데, 피난처의 대피 장치가 오작동을 일으켜 자동으로 입구를 닫고 잠가버렸다. 그리고 남성은 진짜 핵전쟁이 일어났다고 믿어 현재도 그 안에서 살고 있다고 한다.

여덟 번째 이야기

후각이 퇴화하는 이유

인간의 고기와 피는 우리에게 필요한 가장 이상적인 비율의 영양소를 함유하고 있다. 따라서 제일 맛있는 고기는 인육이라는 소리가 있는데, 본래 동물은 같은 종족끼리 사냥하고 잡아먹어 스스로 멸종하는 것을 막기 위해 같은 종족의 고기를 맛있게 느끼는 것 대신 동족의 시체에서 나는 냄새가 지독하게 느끼도록 진화했다고 한다. 시체에서 썩은 냄새가 나면 동족 섭식을 안 할 것이기 때문인데, 그러나 이상한 점이 있다. 인간의 후각은 지난 몇백 년 사이에 무슨 이유인지 몰라도 급속도로 퇴화하고 있다. 마치 언젠간 인류가 서로 잡아먹어야 할 것처럼 말이다.

아홉 번째 이야기

0과 1은 동일한 수

어느 날, 이탈리아의 유명한 수학자가 0과 1이 같은 수라는 가설을 증명해내는데 성공했다. 그는 자신과 비슷한 똑똑한 동료를 찾아가 종이에 식을 세우며 0과 1이 동일한 수라는 것을 설명하기 시작했는데, 얼마 안 가 그는 설명을 모두 끝냈지만 동료는 한 번에 이해하지 못했고, 종이를 한참 쳐다본 다음 눈을 떼니 설명해주던 수학자는 어느새 사라져있었다. 놀란 동료는 다시 종이를 보려고 고개를 돌렸지만 그가 0과 1이 동일하다고 증명한 종이도 이미 사라져있었다고 한다.

열 번째 이야기

지금 당신은…

아일랜드의 한 가정집에서 매일 밤 제임스의 비명소리가 들려왔다. 그는 하루도 빠짐없이 자신이 흉악범 신분으로 교도소에 갇혀있는 악몽을 꾸었다. 제임스는 절망적이고 불행한 꿈이 반복되자 병원에 찾아가서 정신과 의사에게 상담을 받았다. 하지만 악몽은 끊임없이 지속되었다. 여기서 반전은 이 남성은 실제로 에릭이라는 이름의 죄수였으며 교도소에서 생활한 지 10년이 넘은 장기수였다. 제임스는 꿈속의 그였다고 한다. 지금 이 글을 읽고 있는 당신은… 정말 현실에 깨어있는 걸까?

열한 번째 이야기

저주받은 책

1800년대 초반, 유럽의 어느 마을에서 소박하게 글을 쓰며 생계를 유지해나가는 작가가 있었다. 그는 어느 날 자신이 모든 비용을 부담하며 100권의 책을 출판했다. 작가는 자신이 쓴 책의 내용을 많은 사람이 읽어주길 간절하게 원했다. 무슨 내용이었을까? 그는 집 근처에 있던 서점에 50권을 맡기고 나머지 50권은 본인이 직접 보관했는데, 출판한 지 일주일 만에 그의 집에 큰 불이 나서 책이 모두 재가 되었다. 또한, 얼마 안 가 작가도 원인

불명의 병으로 사망했고 서점에 맡겨진 책들도 시간이 지나며 벌레가 꼬여 썩어버리고 손상되었다. 그리고 지금까지 보존되어 전해져 내려오는 그의 책은 단 1권도 없다. 그 책의 제목은 『기적을 일으키는 방법』이었다.

열두 번째 이야기

달의 세균

1969년 7월 20일, 아폴로 11호가 달에 착륙했다. 당시 맨 처음 달에 발을 딛은 사람은 닐 암스트롱이었고 이후 마이클 콜린스와 버즈 올드린이 따라 내렸다. 그런데 이 이후로 달 표면이 지구의 세균으로 뒤덮였다는 말이 있다. 아폴로 11호가 만들어지는 과정에서 지구의 세균이 달라 붙었고 이후로 달에 도착할 때까지 함께 했기 때문이다. 달의 표면은 산소가 부족하고 유기물이 없어 생물이 살아남기 힘든 환경이기 때문에, 현재까지 살아있는 세균들은 지구에서도 가장 강력하고 바퀴벌레처럼 끈질긴 세균들이라고 한다. 이 녀석들은 극한의 환경에서 살아남기 위해 끊임없이 진화하여 현재 달에는 사람을 며칠 이내로 죽게 만드는 무시무시한 세균들이 상상할 수 없을 정도로 많다고 한다.

열세 번째 이야기

자각몽

1900년대 초반 독일의 루이스 박사는 자각몽에 대한 연구를 하던 중 재미있는 사실을 하나 발견한다. 자각몽을 꾸는 많은 사람이 자신의 의지로 제어할 수 없는 의문의 존재를 꿈속에서 만난다는 것. 원래 꿈을 꾸는 사람이 자신의 꿈속에서 현실이 아니라고 깨달으면 그 이후에는 자신의 마음대로 꿈에서 깨거나 꿈속의 환경을 마음대로 조종할 수 있는 것이 일반적이다. 하지만 그들이 만난 미지의 존재는 꿈속에서도 마음대로 제어할 수 없는데, 그 존재는 꿈을 꾸는 사람에게 섬뜩한 제안을 하나 한다. 그건 바로 현실세계에서 뇌와 몸을 통제하고 조종하는 지배권을 공유하자는 것이다. 이런 말도 안 되는 제안을 하는 그에게 루이스 박사는 흥미를 가지게 되었고, 그렇게 그는 의문의 존재를 연구하며 10년이란 시간이 흘렀다. 10년 후, 루이스 박사는 정신병원에서 지내고 있었다. 병명은 정신분열. 이상한 점은 언제나 긍정적이고 열정적이던 그가 어느 순간부터 완전히 다른 사람처럼 말하며 행동했다고 한다. 마치 두 명의 인격이 존재하는 것처럼….

열네 번째 이야기

사이코패스 테스트

미국에서 사이코패스 테스트를 위해 100명의 사람들을 모집한 적이 있다. 참가자들 중 여러 검사를 마치고 나서 사이코패스로 판정된 사람은 2명이 있었다. 단순히 공감 능력이 부족한 것이 아니라, 타인에게 고통을 주고도 한 치의 미안함도 못 느끼는 위험한 사이코패스가 2명이었다. 실험을 진행했던 학자는 두 사람에게 이렇게 말했다.

"아마 모를 수도 있고 이미 알고 계셨을 수도 있는데, 두 분은 사이코패스 성향이 높은 것으로 나타났습니다."

이 이야기를 들은 2명 중 1명은 자신이 사이코패스라는 사실에 충격을 받고 말도 안 된다며 옆에 서있던 학자를 죽여버렸다.

열다섯 번째 이야기

게슈탈트 붕괴 현상

게슈탈트 붕괴 현상이 무엇인지 아는가? 어떤 글자를 반복해서 읽거나 너무 집중하게 되면 그 글자가 낯설게 느껴지고 글자의 개념을 잊어버리게 되는 현상을 말한다. 만약 어떤 단어를 일부러 다른 의미로 바꿔서 기억하려고 노력하면, 점차 바뀐 뜻이 더 익숙해지며 원래의 뜻은 잊어버리게 되고 다시 원래대로 되돌려놓는 것은 불가능에 가까울 정도로 힘들다고 한다. 그럼 우린 한 가지 의심해 볼 게 있다. 지금 알고 있는 단어가 원래의 의미 그대로 전해 내려온 것이 맞을까?

열여섯 번째 이야기

신의 존재

오스트리아에 살고 있던 남성 A는 신앙심이 하나도 없었다. 오히려 종교를 믿는 사람들에게 신이란 존재하지 않는다며 시간 낭비라고 말하고 다녔다. 그런데 어느 날, A는 해외여행을 가게 되었고 기분 좋게 캐리어를 들고 비행기를 탔다. 그렇게 순조롭게 이륙하여 비행하던 중 갑자기 비행기의 시스템에 이상이 생겨 추락하고 말았다. 당시 비행기엔 100명이 넘는 승객들이 타고 있었는데 대부분의 승객들이 다 죽어버리고 기적적으로 살아남은 사람은 A를 포함해 5명뿐이었다. 하지만 생사를 넘나드는 큰 충격으로 인해 모든 인원이 정신병에 걸리고 말았다. 영국의 한 정신과 의사는 증상을 연구하기 위해 5명에게 거짓말 탐지기를 작동시키고 여러 질문을 던졌는데, 다들 아무 쓸데없는 이상한 대답만 늘어놓을 뿐이었다. 어떤 질문엔 진실을 말하고 어떤 질문엔 거짓말을 하는 등 모두 제각각의 반응을 보였다. 그러나 단 하나의 질문만은 모두 똑같은 대답을 했다. "신이 존재한다고 생각하는가?" 이 질문을 듣자 미쳐버린 5명은 모두 겁에 질려 두려움에 떨기 시작했다. 또한, 지금까지 질문과 관련 없는 대답만 했던 그들이 다 같이 단번에 아니라고 대답했다. 그러자 거짓말 탐지기에는 거짓이라는 표시가 떴다. 과연 그들은 추락하던 날 무엇을 본 걸까?

세상에서 제일 어이없게 죽은 사람이 받는 상

"다윈 상"

다윈 상이란 세상에서 가장 멍청하게 죽은 사람에게 수여되는 상으로, 미국의 기자인 웬디 노스컷이 인간의 멍청함을 알리기 위해 노벨상을 패러디하여 만들었다. 다윈 상은 바보같이 죽은 사람들이 자신의 열등한 유전자를 스스로 세상에서 지웠다며 인류의 우월한 유전자만을 남기는 데 공헌했다고 주는 상이다. 그럼 다윈 상의 수상 조건을 살펴보자.

1. 수상자는 죽거나 혹은 불임이 된 사람이어야만 한다. 거의 죽은 거나 다름없는 상태여야 한다.
2. 자신의 죽음이나 불임에 스스로 원인을 제공해야 한다. 타인에 의한 사고는 제외한다.
3. 수상자는 정상적인 수준의 지적 능력을 가지고 있어야 하며, 법적으로 운전면허를 취득할 수 있는 나이 이상이어야 한다.
4. 신문이나 TV, 믿을만한 사람의 증언 등 출처가 분명하고 확실한 사건이어야 한다.
5. 수상자는 놀랄 만큼 멍청하게 죽어야 한다.

그럼 1995년부터 다윈 상을 받은 사람들이 왜 받게 됐는지 그 사례들을 알아보자.

1995년

어느 날, 이집트의 한 농가에서 키우던 닭이 우물에 빠져버렸다. 그런데 때마침 18살 소년이 이 장면을 목격했고, 닭을 구하기 위해 우물로 뛰어들었지만 익사해서 죽어버렸다. 이때 우물에서 빠져나오기 위해 살려달라고 소리를 질렀는지 소년의 형제들이 어디선가 나타났는데, 그들은 소년을 구해야겠다는 마음이 앞서 무작정 우물에 뛰어들기 시작했다. 하지만 형제들도 수영을 할 줄 몰랐기 때문에 어이없는 죽음을 맞이한다. 마지막으로 늙은 농부가 이 광경을 목격하고 아이들을 구하기 위해 우물에 들어갔는데, 이 사람도 익사하고 말았다. 결국 나즈라트 이마라 마을의 우물 안에서 닭 하나를 살리기 위해 6명이나 사망해버렸다. 그런데 정작 닭은 죽지 않고 살아있었다.

1996년

캐나다의 가장 큰 도시인 토론토, 그곳에 있는 한 고층빌딩에서 일하던 변호사 게리는 자신의 후배들에게 이 빌딩의 창문이 엄청나게 튼튼하다며 자랑한 뒤 증명하기 위해 힘차게 달려갔다. 이후 어깨로 창문에 부딪혔는데, 그대로 창문 틀 전체가 뽑혀버려 24층의 높이에서 추락했다. 게리는 당연히 즉사했다. 참고로 토론토 지방신문에서 조사한 결과, 토론토에 있는 변호사 200명 중 게리는 가장 똑똑한 사람으로 뽑혔었다고 한다.

1997년

남자 A는 친구가 키우던 코브라에게 물렸다. 그걸 본 친구는 깜짝 놀라 병원에 전화하려던 찰나, A는 자신이 해결할 수 있다며 알아서 하겠다고 말했다. 자신의 남자다움을 강조하고 싶었던 걸까? 이후 시간이 지나도 괜찮아 보이자 친구도 안심했고, A는 곧장 병원이 아닌 술집으로 향했다. 술집에 도착한 그는 바텐더에게 술을 주문한 뒤 술고래처럼 과음을 하며 자신이 코브라에게 물렸다고 자랑을 하다가 그 자리에서 사망했다.

2001년

2001년 루마니아의 한 시골에서 여자 B가 사망했다. 이후, 가족들은 그녀를 위해 장례식을 치르게 된다. 그러나 죽은 줄 알았던 여자 B는 사실 살아있었고, 관에서 뛰쳐나온 뒤 사태를 파악하고는 불만을 토하며 미친 듯이 날뛰었다. B는 장례식장에서 난동을 피우며 화를 내다가 옆에 있던 도로에서 트럭에 치이게 되며 진짜로 사망해버렸다. 때문에 중단되었던 장례식은 마저 치러졌다고 한다.

2005년

짐바브웨의 국경 지뢰밭에 어느 수상한 남성이 나타났다. 그는 무기를 살 돈이 없었는지 국경 지뢰밭에 심어진 지뢰를 훔쳤는데, 나중에 밝혀진 사실로는 코끼리를 퇴치하기 위해서였다. 지뢰를 성공적으로 훔친 그는 집으로 돌아가던 중 손이 미끄러지며 잡고 있던 지뢰가 떨어져 폭발하고 말았다. 그렇게 그는 그 자리에서 흔적도 없이 사라져버렸다.

2006년

어느 시대의 어느 나라를 가든 사춘기의 불량 학생들은 패기와 객기를 부린다. 대만에서는 이런 사건도 있었다. 하필이면 두 명의 불량 고등학생이 같은 여학생을 좋아하게 되었다. 결국 이 둘은 남자답게 1대1 대결을 통해 이긴 사람이 여학생과 만나기로 했다. 그런데 그들이 펼치는 대결의 내용이 가관이었다. 오토바이를 타로 서로 양쪽에서 마주보고 서있다가 셋을 세면 서로에게 질주하는데, 여기서 겁을 먹고 먼저 피하는 사람이 지는 것이었다. 이후, 경기가 시작되었고 두 사람은 끝까지 피하지 않아 서로 동시에 사망해버렸다. 막상 여학생은 두 남자에게 관심이 없었다고 한다.

2008년

이탈리아의 이베체 플래트너란 남성이 승용차를 운전하다가 열차의 선로 위에서 멈춰버렸다. 그가 무슨 이유가 있어서 일부러 멈춘 게 아니고 차가 고장이 났는지 혼자 멈춰버렸는데, 그는 자신의 고급 승용차가 아까웠는지 차에서 나와 직접 선로에 서서 다가오는 열차를 세우려고 했다. 일반적인 상식으로는 당연히 선로에서 나와 피해있어야 하는데 말이다. 플래트너는 자신이 손을 흔들며 신호를 보내면 열차 기관사가 기차를 멈출 수 있을 거라 생각했다. 하지만 기차는 멈추지 않았고, 그는 자신이 아끼던 차와 함께 생을 마감했다.

2010년

이번엔 대한민국에서 있었던 사건이다. 대전광역시 서대전네거리역, 한 30대 남성이 전동 휠체어를 타고 엘레베이터를 향해 가고 있었다. 그런데 먼저 엘레베이터에 탄 아주머니가 문을 안 잡아주고 먼저 떠나버리자, 화가 난 그는 전동 휠체어로 엘레베이터 문을 박아버린다. 분이 쉽게 안 풀렸는지 몇 번을 들이박았는데, 승강기 문은 결국 충격을 버티지 못하고 부서

졌으며 그는 승강기 밑으로 떨어져 사망했다.

2012년

미국 노스캐롤라이나주에 살고 있던 중년 남성이 친구 집에 놀러 갔다. 그곳엔 어떤 병에 정체불명의 액체가 담겨 있었는데, 남성은 술이라고 생각해 벌컥 벌컥 마셔버렸다. 그러나 친구가 깜짝 놀라며 그 액체는 가솔린이라 말했고, 남자는 억지로 액체를 모두 토해냈다. 자칫하면 큰일이 날 뻔한 상황이었다. 이후, 그는 놀란 마음을 달래려 담배를 피기 위해 라이터를 켰는데, 라이터 불이 몸속에 남은 휘발유 증기와 만나게 되며 몸이 불타버려 사망했다.

2016년

23살의 콜린 나타니엘 스콧은 대학 졸업여행을 하던 중, 미국 옐로스톤 국립공원 내 관광 코스를 벗어나 자연 온천에 접근했다. 온천 가까이 가지 말라는 경고판과 사람들의 말을 모두 무시한 채 말이다. 그러다 그는 온천 끝자락에서 발이 미끄러지며 물속으로 빠져버렸는데, 중요한 점은 이 온천의 온도가 무려 90℃로 엄청난 고온의 황산성 간헐천이었다. 심지어 그날은 날씨가 안 좋아 구조가 늦어져 스콧은 온천 속에서 온몸이 녹아 흔적도 없이 사라져버렸다.

2019년

많은 나라에서 야생동물들을 불법으로 사냥하는 걸 단속하지만 그래도 여전히 밀렵꾼들이 많다. 어느 날, 남아프리카의 한 국립공원에서 밀렵꾼

이 코뿔소를 사냥했다. 시각은 어두운 밤이었는데, 코뿔소의 뿔을 자르고 있던 찰나 지나가던 코끼리가 밀렵꾼을 밟아 죽여버렸다. 당시 뒤에서 지켜보고 있던 동료들이 있었는데, 밤 늦은 시간이라 위험하기도 하고 잘 안 보여서 다음날 아침이 될 때까지 다른 장소로 이동해서 기다렸다. 이후, 해가 밝아오자 동료의 시신을 옮기기 위해 다시 찾아갔지만, 이미 시신은 사자 무리에게 온몸을 뜯어 먹힌 후였다.

악마의
실험
Top 5

실험과 학살은 종이 한 장 차다. 인류는 현재의 의학 수준에 도달하기까지 굉장히 많은 실험을 거쳐왔다. 인류의 발전을 위해 또는 기술의 발전을 위해 실험을 해왔지만, 실험 참가자들의 인권을 무시한 비윤리적인 끔찍한 실험들이 굉장히 많았다. 그렇다면 이번엔 요즘 시대에는 절대 할 수 없는 비윤리적인 실험들을 알아보자.

1
731부대

2차 세계대전 당시, 일본은 731부대를 만들어 여러 실험을 강행했다. 731부대의 정식 명칭은 관동군 방역 급수부 본부. 그중 방역 급수부란 전염병을 예방하고 물을 공급한다는 뜻으로, 원래라면 군인들의 건강을 위해 연구하는 부대여야만 했다. 하지만 실상은 달랐다. 731부대는 그저 인간성이라곤 찾아볼 수 없는 잔인한 인체 실험을 강행하며 생물학 무기를 연구·개발하는 부대가 되었다. 우선 그들은 실험 대상자를 마루타라고 불렀다. 마루타는 본래 통나무라는 뜻이며, 이는 731부대가 실험 대상을 사람이 아닌 그저 실험 재료로 봤다는 의미다. 실험 대상은 중국인과 조선인, 몽골인과 러시아인 등 민간인과 군인이었는데, 그중엔 대한민국 독립운동가도 포함되어있었다. 그렇다면 731부대는 어떤 실험을 했을까? 독가스의 성능을 테스트하기 위해 밀폐된 공간에 피실험자들을 가둬놓은 뒤, 독가스를 살포해 사망하기까지 몇 분이 걸리는지 실험했으며, 총기 관통력을 테스트하기 위해 수용자 30명을 일렬로 세워 총을 쏘기도 했다. 또한, 멀쩡한 신체를 가진 조선 독립운동가 40여 명을 체포하여 콜레라균을 강제 주입하는 생체 실험을 진행했다. 어떤 날은 모성애 실험을 한다며 방안에 엄마와 아이를 가둔 뒤, 바닥을 매우 뜨겁게 불로 달궈 엄마가 언제쯤 모성애를 잃고 아이를 버리는지 실험했다. 정말 실험당하는 사람들은 짐승만도 못한 취급을 받았다. 그런데 731부대가 굉장히 잔인했던 점은 수용자들의 생체 반응을 자세히 관찰하기 위해 모든 실험을 마취 없이 진행했다는 것이다. 사람들은 마취 없이 살이 찢어지고 몸이 불타고 총을 맞고 독가스를 마시는 등 상상도 할 수 없는 고통을 겪어야 했다. 이외에도 731부대의 끔찍한 실험들은 말도 안 되게 많다. 그럼 실험에서 살아남은 사람은 없었을까? 아쉽게도 731부대의 실험 대상 중 살아남은 생존자는 단 한 명도 없었다. 왜냐하면 부대 내부 규정에 따라 살아남은 사람들을 모두 사살했기 때문이다.

2
밀그램 복종 실험

인간은 자신에게 주어진 상황에 따라 얼마나 잔인해지고 끔찍해질 수 있을까? 1961년 예일 대학교의 심리학 교수 스탠리 밀그램은 권위자의 명령에 대한 복종과 관련된 실험을 진행한다. 우선, 밀그램은 실험 참가자들에게 진짜 의도를 숨겼다. 그의 실험 참가자 모집

공고를 살펴보면, 기억 관련 실험을 위해 사람을 모집한다고 말하며, 기억과 학습에 관련한 500명의 실험 참가자들에게 사례금을 준다고 말했다. 이후, 실험은 총 3명이서 진행했다. 전체적인 실험을 진행하며 명령을 내리는 권위자인 "실험자", 문제의 정답을 맞춰야 하는 "학생", 그리고 학생이 문제를 틀리면 전기 충격을 가하는 "교사"로 나뉘었다. 그런데 교사 역할의 참가자는 학생의 오답이 계속되면 점점 전기 충격의 강도를 높여야 했다. 실험자는 교사의 옆에서 교사가 제대로 전기의 강도를 높이는지 감시했다. 참고로 학생과 교사의 사이는 서로가 안 보이도록 막혀있었기 때문에, 교사는 전기 충격을 가할 때마다 학생의 비명소리만 들을 수 있었다. 실험이 진행되고 학생은 점점 오답만을 말하는데, 교사는 실험자의 명령에 따라 전기 충격의 강도를 계속해서 높이게 되고, 들려오는 학생의 비명소리는 점점 끔찍해져 갔다. 전기 충격의 정도가 너무 심해지자 자신을 내보내 달라는 학생. 교사 역할의 실험 참가자는 자신이 사람에게 큰 고통을 주고 있다는 생각에 주저하게 되는데, 그때마다 옆에 있는 실험자가 계속해서 실험을 진행하라고 강요했다. 그렇다면 실험 결과는 어떻게 됐을까?

놀랍게도 무려 실험자들의 65%가 인간에게 치명적인 마지막 단계의 450V까지 올렸다. 참고로 기계에는 300V 이상 올리면 위험하다는 표시가 있었다. 이제 알려줄 사실이 하나 있다. 사실 전기 충격을 받고 있던 학생은 밀그램이 섭외한 연기자였으며, 실제론 전기 충격을 받지 않았다. 교사 역할의 참가자들이 전기의 강도를 올릴 때마다 더 고통스러운 듯한 비명소리로 연기했던 것이다. 이후, 밀그램은 자신의 복종 실험 결과를 논문으로 발표하는데, 그는 미국의 심리 학회로부터 실험의 비윤리성으로 인해 한 해 동안 자격을 정지당했다. 그도 그럴 것이, 교사 역할의 실험 참가자 중 일부는 "아무리 권위자의 명령이었지만 아무 반박도 못 하고 사람을 죽일 수도 있었다니!"라는 충격을 받고 PTSD까지 겪었다고 한다. 그래도 참가자의 12.5%는 경고했던 300V가 넘어갔을 때 실험을 거부했다. 하지만 최근에 들어서 밀그램의 실험이 너무 비전문적이고 엉성하며 강압적이었다는 논란이 생기며, 알려진 사실과는 좀 다른 주작이 있었다는 사실이 밝혀지기도 했다.

3
해리 할로우 애착 실험

아기들이 왜 엄마를 좋아한다고 생각하는가? 엄마의 존재 자체를 사랑하기 때문에? 아니면 그저 자신의 배고픔을 채워주기 때문에? 이처럼 사랑의 본질이 무엇인지 궁금증을 느낀 미국의 심리학자 해리 할로우는 한 가지 실험을 진행한다. 우선, 갓 태어난 새끼원숭이를 엄마와 분리시킨 뒤 두 개의 가짜 엄마 인형을 두는데, 하나는 온몸이 철사로 만들어져 차갑고 딱딱하지만 가운데에 우유통이 있어 배부르게 먹을 수 있었으며, 또 다른 하나는 먹이가 없지만 푹신하게 안길 수 있는 부드러운 재질의 원숭이 인형이었다. 결과는 놀라웠다. 새끼원숭이는 배고플 때만 철사 인형에게 다가갔으며, 그 외의 시간은 헝겊 인형에만 꼭 붙어있었기 때문이다. 해리가 일부러 원숭이에게 무서운 상황을 연출할 때마다 새끼원숭이는 부드러운 엄마 인형에게서 떨어지지 않으려 했다. 이를 통해 해리 할로우는 한 가지 사실을 깨닫게 된다. 아기들은 배고파서 생존 욕구를 채우기 위해 엄마를 찾는 것이 아니라, 포근한 엄마의 품을 그리워하고 좋아한다는 것을. 하지만 이 실험 대상이었던 새끼원숭이는 어른이 되어도 사회성이 없어 원숭이 무리에 끼지 못했으며, 정서적으로 매우 불안한 삶을 살았다. 심지어 기억 능력까지 저하되었다고 한다.

4
요제프 멩겔레의 나치 실험

인류 역사상 최악의 실험이라 불리는 나치의 생체 실험. 2차 세계대전 당시, 독일의 장교이자 의사였던 요제프 멩겔레는 수용소에 끌려온 유태인들을 대상으로 끔찍한 실험들을 진행했다. 그가 인간을 대상으로 한 실험들을 살펴보면 악마도 당황할 정도다. 전쟁 중 수감되는 유태인의 수가 어마어마했는데, 이는 요제프 멩겔레에게 큰 행운이었다. 왜냐하면 그가 원하는 모든 실험을 수용자들을 통해 아무런 죄책감 없이 해볼 수 있었기 때문이다. 멩겔레는 특히나 쌍둥이에 대한 실험을 좋아했다. 따라서 20개월 동안 약 3,200명의 쌍둥이들이 그의 실험 대상이 되었다. 실험 내용은 굉장히 기괴했는데, 쌍둥이의 혈액과 장기를 서로 바꿔 넣었으며, 인위적으로 샴쌍둥이를 만든 후 얼마나 생존할 수 있는지 관찰했다. 또한, 전기 충격과 같은 고통을 인간이 얼마나 버틸 수 있는지 실험했으며, 고문은 기본에, 지급되는 음식에 독을 묻혀 먹이기도 했다. 심지어 어떤 날은 아무 이유도 없이 사람에게 총을 쏘는 악마 그 자체였다. 한 유태인

출처
https://commons.wikimedia.org/wiki/File:Child_survivors_of_Auschwitz.jpeg

은 수용소 안에서 아이를 낳게 됐는데, 멩겔레는 엄마를 찾아와 신생아를 데려가며 이렇게 말했다.

"하하, 걱정 마십쇼. 아이는 제가 책임지고 지극정성으로 보살필 테니 말이죠."

그러나 그의 다음 실험 주제는 "갓 태어난 아이가 아무것도 먹지 않고 며칠이나 살 수 있을까?"였으며 그 아이는 결국 굶어 죽었다. 멩겔레의 실험으로 인해 사망한 사람만 40만 명이 넘는다. 그 숫자만 봐도 얼마나 극악무도한 사람이었는지 알 수 있다. 만약 지옥이 있다면 요제프 멩겔레는 지옥에서도 가장 고통스럽고 끔찍한 밑바닥으로 갈 것이다. 전쟁이 끝난 후, 그는 1급 전범으로 분류되어 나라에 쫓기는 신세가 되었지만 남미로 도주하여 수십 년간 가짜 이름으로 숨어 살았다. 그는 죽을 때까지 주변 사람들에게 자신의 모든 실험을 부정하며 자신은 아무도 죽인 적이 없다는 등 망언을 해댔다. 그러다 결국 붙잡히지도 않은 채 평생 어떠한 처벌도 받지 않고 사망했다.

5
MK 울트라 프로젝트

1960년대 당시 미국에는 이런 도시전설이 떠돌고 있었다.

"정부가 국민을 세뇌하여 조종하려는 계획을 꾸미고 있다."

이 내용은 즉 CIA가 인간의 정신을 조종하여 사람을 마음대로 조종하는 실험을 극비에 진행 중이라는 것이었다. 솔직히 이 이야기는 그저 소문에 불과했기 때문에 음모론 그 이상도 이하도 아니었다. 하지만 1974년, 뉴욕 타임즈에 이 음모론이 사실이라는 폭로 글이 기사로 뜨게 된다. 우선, MK 울트라 프로젝트의 코드명인 "울트라"는 2차 세계대전 당시 최고 등급의 기밀 정보를 뜻하는 코드명이었다. 당시 CIA는 적을 세뇌할 수 있는 약물을 찾아 공산주의자를 전향시키려는 계획을 갖고 있었는데, 그들은 인간에게 강한 환각을 일으키는 LSD에 주목했다. 그런데 문제는 이 실험이 일반인에게 이루어졌다는 것이다. 예를 들어, 뉴욕의 한 건물 안으로 여성을 유인한 뒤, LSD를 포함한 여러 물질로 여성을 취하게 한 다음 과학자들이 거울로 위장된 벽 뒤에서 그녀의 반응을 관찰하는 식이었다. 명백한 범죄였다. 이외에도 노숙자나 군인이 실험 대상이었는데, 조금 더 자세하게 살펴보면 실험은 이렇게 진행되었다.

1. 피실험자에게 LSD를 주입해 의식을 잃게 만든 뒤, 수십 번의 전기 충격을 가한다.
2. 이 과정을 몇 주 동안 반복하는 인간은 식물인간 상태가 되는데, 이때 여러 약물을 투입해 혼수상태에 빠지게 만든다.
3. 이후, 피실험자는 과거의 기억과 본래의 성격이 지워진 백지 상태가 되는데, 그 다음 반복적인 정신 개조를 통해 CIA는 자신들의 인간 병기를 만들려고 했다.

그런데 놀라운 건 이 실험이 MK 울트라 프로젝트의 일부분에 불과하다는 것이다. 미 의회의 조사에 따르면 서브 프로젝트만 54개에 달하며, 거기엔 전기나 음향, 방사능과 화학 실험 등의 기술을 동원하여 뇌를 조종하고 기억을 조종하는 등 말도 안 되는 실험들이 진행되었다고 한다. 1990년대에 빌 클린턴 대통령은 대국민 사과와 함께 청문회에서 이 실험을 조사하는 등 나중에라도 반성하고 잘못을 바로잡으려 했으나, 안타깝게도 폭로가 되기 불과 몇 년 전 미 국장이 CIA의 MK 울트라 프로젝트 관련 기밀문서를 모두 파기시켜버렸기 때문에 피해자의 신원 확인은 물론 사건 조사마저 할 수 없었다.

살인을 위해 설계된 호텔

> 잠언 13장 24절
> 매를 아끼는 자는 그의 자식을 미워함이라. 자식을 사랑하는 자는 근실히 징계하느니라.

1860년 미국 뉴햄프셔 호수 지방, 이 구절에 빠져있던 한 아버지는 자신의 아들을 너무 사랑한 나머지 매일매일 엄청난 폭력과 매질을 하며 키우게 된다. 아들의 이름은 허먼 머젯. 허먼은 굉장히 똑똑하고 성격도 좋은 괜찮은 아이였지만, 아버지의 멈출 줄 모르는 학대로 인해 점점 위축되어 소심하고 내성적인 아이로 변해버렸다. 그나마 절친이었던 톰은 폐건물에서 놀다가 2층에서 발을 잘못 디뎌 추락사하게 되고, 하나뿐인 친구가 죽는 모습을 직접 목격한 그는 더욱 폐쇄적인 성격으로 바뀌었다. 그러던 중 허먼의 인생에서 가장 큰 영향을 끼친 일련의 사건이 발생했다. 학창 시절, 질 나쁜 선배들이 마을 의사가 병원을 비운 사이 병원으로 허먼을 불러 마구 폭력을 휘둘렀다. 그러다 병원에 있던 인체 해골 모형을 허먼의 위로 던졌는데, 아이러니하게도 이 사건을 계기로 허먼은 평생 동안 해부학에 관심을 가지게 된다. 자신의 몸을 깔고 누웠던 해골 모형에 푹 빠져버린 것이다. 허먼은 원래 머리가 좋은 아이였기 때문에 성인이 되고 미시간 대학교에 입학한 후 의사 면허를 땄다. 하지만 대학 등록금이 너무 비싼 나머지 범죄를 저지르게 된다. 그 범죄는 실존하지 않는 가상의 인물을 내세워 생명 보험을 든 뒤, 시체 하나를 구해서 그 시체가 피보험자라고 위조하여 보험금을 타는 방식이었다. 그 당시에는 길거리에 널리고 널린 게 시체였기 때문에 시신을 구하는 건 별로 어렵지 않은 일이었다. 그렇게 허먼은 무사히 대학을 졸업한 후, 1886년에 시카고로 이사를 간다. 이때부터 그는 허먼이라는 이름 대신 대중에게 잘 알려진 가명인 헨리 하워드 홈즈를 사용하고 어렸을 적의 모습을 감춘 채 밝고 쾌활한 성격으로 주변 사람들에게 호감형 이미지를 사게 된다. 그는 시카고의 고급 주택가에서 지내게 되는데, 의사 홀튼의 조수로서 일을 시작한다. 그렇게 홈즈와 홀튼이 함께 약국에서 일을 한 지 1년도 채 되지 않았을 무렵, 어느 날 홀튼이 사라지게 되고, 경찰 조사과정에서 홈즈는 이렇게 말했다.

"아… 홀튼 씨요? 그녀는 며칠 전에 고향에 다녀오겠다며 떠났는데 아직도 안 오네요? 이 약국이 홀튼 씨 소유긴 한데… 주인이 사라졌으니까 뭐, 일단 조수인 제가 운영해야겠습니다."

경찰은 홀튼이 사라지면 가장 이득을 보는 사람이 홈즈라고 생각했다. 또한, 이런 허술한 답변을 하는 홈즈가 의심이 됐지만 명확한 증거가 없었기 때문에 체포하지는 못했다. 이후, 홈즈는 약국의 매상과 여기저기 사기를 쳐 번 돈을 모아 약국 건너편에 있는 건물을 산다. 건물의 이름은 캐슬. 홈즈는 건물 1층에 약국과 편의시설 등 상가로 사용하고, 2층과 3층은 자신의 사무실 및 호텔로 만들었다. 홈즈의 건물은 겉보기에 평범한 상가와 똑같았지만, 캐슬은 완벽히 홈즈의 살인을 위해 만들어진 살인용 호텔이었다. 그가 만든 캐슬은 이런 느낌이었다. 3층에서 청소부가 방안을 청소하고 있는 반면, 건물 끝에 위치한 숨겨진 방에 홈즈가 납치한 여성이 갇혀있다. 당연히 청소부는 무슨 일이 일어나고 있는지 모른다. 또한, 2층과 3층에 호텔 객실이 있지만,

그 사이사이 사람 한 명이 겨우 들어갈 만한 틈새 공간을 만들어 시신을 처리하기 전 보관하기도 했다. 그리고 지하실과 1, 2, 3층이 연결된 비밀 계단이 있었는데, 이는 홈즈만 알고 있는 통로였으며 이곳을 통해 납치와 살인을 하고 지하실로 시신들을 옮겼다. 마지막으로 지하실엔 홈즈의 연구실이 있었다. 지하실엔 시신을 태우는 소각장, 건물 밑의 땅속으로 시신을 버리는 구덩이, 사람을 가둬놓는 철창, 자신이 납치한 사람을 해부하고 연구하기 위한 각종 도구들, 그리고 사람의 팔다리를 쭉 뻗게 만들어 사지를 묶어 놓는 실험대까지 있었다. 이처럼 자신만의 살인 호텔을 만든 홈즈는 평생 동안 약 50명의 사람을 죽인 것으로 추정되는데, 그렇다면 그는 어쩌다 살인 호텔을 만든 걸까?

1893년 미국 시카고에서 엑스포가 열린 적이 있다. 그러자 관광객이 몰려 도시에 숙박시설이 부족하게 되었고, 홈즈의 호텔에도 손님이 넘쳐났었다. 그러던 중 그가 예전부터 해오던 보험사기가 슬슬 의심을 받기 시작하자 홈즈는 또 다른 돈벌이가 필요했고, 머리가 나쁜 쪽으로 비상했던 그는 호텔을 개조시켜 살인 호텔을 만들게 된 것이다. 그리고 캐슬에 묵는 손님들을 살해한 뒤, 일부는 대학 병원에 시체 표본으로 팔아 돈을 벌고, 다른 일부는 캐슬의 지하실에서 해부하며 연구했다. 당시 대학 병원에서는 상태가 좋은 시체 표본을 구하기가 어려웠기 때문에 홈즈가 어떻게 이런 시체들을 끝없이 구해오는지 의심은 했어도 별다른 의문을 제기하지 않았다. 그렇다면 누가 봐도 이상한 구조로 만들어진 이 호텔, 건물을 개조하던 건축가들이 의심하진 않았을까? 여기서 홈즈는 잔머리를 썼다. 캐슬의 부분 부분을 나누어 여러 건축 업체를 번갈아가며 고용했고, 전체적인 건물의 설계도는 홈즈만 가지고 있었기에 건축가들의 의심을 피할 수 있었다. 따라서 호텔에 들어온 후, 홈즈의 표적이 된 이상 캐슬에서 살아나갈 수 있는 사람은 아무도 없었다. 하지만 꼬리가 너무 길면 밟히게 되는 법. 3년 동안 캐슬에 묵었던 수십 명의 손님들이 계속해서 사라지자, 경찰은 홈즈를 용의선상에 올리고 감시하기 시작했다. 그렇게 경찰 조사가 진행되던 중 홈즈의 공범으로 같이 용의선상에 올라와 있던 벤 피첼이라는 자가 있었는데, 갑자기 그가 사망해버린다. 따라서 경찰은 증거인멸을 위해 홈즈가 그를 죽인 것으로 판단

하고 캐슬에 들이닥쳤다. 이때 경찰들이 호텔 전체를 자세히 조사하던 중 비밀 통로들이 하나씩 드러나게 되었고, 수많은 유골과 끔찍한 살인 도구들, 시신을 해부한 흔적과 처리한 흔적들이 발견되며 미국 전역에 큰 충격을 주었다. 재판에서 홈즈는 자신을 사탄이라고 표현하며 27건의 살인과 9건의 살인미수를 인정했는데, 경찰은 그가 죽인 사람들이 최소한 50명은 넘을 것이라고 추정한다. 결국 홈즈는 사형을 받게 되었고, 교수형에 처해졌다.

사형 집행인: 홈즈 박사, 준비는 됐나?
홈즈: 그래, 실수나 하지 말게.

이날 사형 집행인이 진짜로 실수해버리는 바람에 교수대에 결함이 생겨 홈즈가 고통스러워하다가 완전히 죽는데 15분이 걸렸다. 그리고 수많은 사람을 죽인 그는 남이 자신을 보복하는 건 두려웠는지, 자신이 죽으면 관을 시멘트로 감싸 10m 깊이의 땅속에 묻어달라고 요청했는데, 법정에서 이 요구 사항을 들어줬다. 결국 홈즈의 살인 호텔인 캐슬은 1938년에 철거됐으며, 현재는 그 자리에 우체국이 세워졌다.

일본 역사상 최악의 학원, 토츠카 요트 스쿨

학생들의 교육 과정에 있어서 말을 듣지 않은 불량 청소년에게 체벌이 필요하다고 생각하는가? 여기 학생들에게 체벌이 필수적으로 필요하다고 생각한 남성이 있다. 이 남성은 자신의 이름을 내걸고 요트 스쿨을 설립했는데, 그의 이름은 토츠카 히로시. 그는 젊은 시절 나고야 대학교에서 요트부의 주장을 맡으며 태평양-오키나와 단독 횡단 레이스에서 1등을 차지해 큰 주목을 받았던 엄청난 선수였다. 이후 그는 선수 시절의 훈련 노하우를 바탕으로 올림픽 선수 양성을 위한 요트 스쿨을 설립했다.

하지만 생각보다 요트 스쿨이 인기가 없자 토츠카는 한 가지 해결책을 생각해낸다. 그건 바로 요트 스쿨을 선수 양성을 위한 교육 시설이 아닌 맨날 사고만 치는 불량 학생, 등교 거부 학생, 정신적으로 약한 아이들을 갱생시키는 특별훈련시설로 바꾸는 것이었다. 우리나라로 치면 예전에 유행했던 해병대 캠프와 비슷한 느낌이다. 그러던 어느 날 토츠카 요트 스쿨에 대한 좋은 소문이 퍼지기 시작했다. 사람들은 그의 학원에 대해 이렇게 말을 했다.

"글쎄 평소에 학교도 안 나가고 방에서 게임만 하던 학생이 토츠카 요트 스쿨에 갔다 오니까 180도 변했다고 하던데요? 이젠 등교도 잘하고 부모한

테도 싹싹하게 잘하고 효과가 아주 좋나 봐요."

이런 긍정적인 소문에 힘을 입어 토츠카 요트 스쿨은 순식간에 인지도가 상승했다. 평소 자신의 아이가 말을 안 들어 고민이었던 부모들은 토츠카 요트 스쿨의 입학을 알아보기 시작한다. 공식 홈페이지에서 가격을 알아본 결과 2022년 기준으로 1년에 약 3천만 원(세금 별도), 또한 입교 시 건강진단, 개인 소모품 등을 위해 200만 원이 추가되며, 매달 생활비 150만 원을 지불해야 한다. 상당히 비싼 금액인데, 이렇게 큰돈을 내서라도 아이를 올바르게 키우고 싶었던 부모들은 긍정적인 효과를 기대하며 아이들을 요트 스쿨에 강제로 입학시켰다. 하지만 불행하게도 그중 몇몇 아이들은 평생 집으로 돌아오지 못하게 된다. 대체 이 학원에서는 무슨 일이 일어난 것일까?

설립자이자 교장이었던 토츠카 히로시는 자신만의 철학을 갖고 있었는데, 바로 "뇌간론"이라는 철학이다.

> "현대인들은 모두 뇌간이라 불리는 뇌의 원시적인 부분이 퇴화하고 약해지고 있습니다. 이 뇌간을 저희 요트 스쿨에서 훈련받으며 단련시키면 호르몬 분비나 면역 기능이 망가지지 않아 뇌의 균형을 유지할 수 있죠. 오히려 뇌간이 강화되어 더 총명하고 튼튼한 인물로 자랄 수 있습니다. 그 결과 평소에도 감정기복이 심하지 않고 안정적으로 유지되어 등교 거부를 치료할 수 있게 됩니다. 우선, 강도 높은 훈련을 통해 육체를 강하게 만든 뒤 그것을 바탕으로 정신도 고되게 훈련해야 합니다. 이렇게 육체와 정신의 상호작용을 통해 아이를 더욱 위대한 사람으로 발전시킬 수 있습니다. 그 과정에서 유의미한 체벌은 피할 수 없죠."

앞서 말한 것과 같이 토츠카 히로시는 체벌은 당연하다는 자신만의 철학을 갖고 있었는데, 학교의 운영 방식은 이러했다.

입학이 확정된 아이의 집에 스쿨 직원들이 찾아간다. 그리고 가기 싫어하는 아이를 건장한 남성 여럿이서 강제로 끌고 간다. 그렇게 입학하게 되면 아이들은 매일 아침 7시에 기상해야 한다. 이후, 기초 체력을 기르기 위해 체력단련으로 10km 달리기를 실시한다. 그 뒤 아침밥을 먹는데, 식사 중엔 침묵을 유지해야 하며 정좌로 불편하게 앉아있어야 한다. 만약 조금이라도 모습이 흐트러진다면 교육이라는 명목하에 이뤄지는 무자비한 폭력이 기다리고 있다. 아침 9시, 본격적인 요트 훈련이 시작된다. 코치들은 군대 훈련소 저리 가라 할 정도로 고함을 치며 기강을 잡는다. 만약 학생이 훈련을 거부하거나 못 따라올 시, 그 학생의 얼굴을 때리고 몽둥이를 휘두르는 등 심각한 체벌이 가해졌다. 또한, 어린아이가 요트에 타기 무서워하면 코치는 아이를 그냥 바다에 던져버렸다.

이외에도 교육 중 선생들이 아이 한 명을 집단구타 하는 등이 벌어졌고, 1980년 11월 4일 입교 4일 차였던 21살 재수생이 폐렴으로 사망했다. 체벌이 얼마나 심하게 행해졌는지 알 수 있는 부분이다. 이후 부검 결과 훈련 도중 교사들의 지속적인 폭행 때문이라는 게 밝혀졌지만, 사고는 여기서 끝나지 않았다. 1982년 8월 14일, 섬에서 실시한 합숙 훈련에서 돌아오던 중 중학생 2명이 교사의 폭행을 견디다 못한 나머지 여객선 "아카츠키호"에서 뛰어내려 행방불명됐다. 학생이 2명이나 동시에 바닷속으로 투신자살한 것이다. 사람들은 아이들이 가혹행위에 지쳐 스스로 뛰어내렸다고 생각하지만, 아이의 아버지는 생각이 달랐다.

"아이들이 정말 스스로 배에서 뛰어내린 건지 잘 모르겠습니다. 누군가에 의해 떨어뜨려진 것일 수도 있지 않나요?"

1982년 12월 12일, 초등학교 6학년인 A군이 입교한 지 9일 만에 사망했다. 토츠카 히로시의 주장에 따르면 A군은 아침 훈련을 거부하며 기숙사로 도망쳤고, 저녁에 돌아와 보니 의식을 잃은 채 쓰러져 있었다고 한다. 이후 황급히 병원으로 옮겼으나 이미 사망한 상태였다고 말했다. 그런데 같이 훈련받은 학생의 증언에 따르면, A군은 입교하자마자 교사들에게 매질을 당하고 바다에 강제로 던져져 입수하는 등 강도 높은 가혹행위에 시달려서 구토도 하고 안색이 좋지 않았다고 한다. 하지만 예외 없이 훈련에 참여시켰고 결국 몸의 열이 38.5도까지 올라갔음에도 치료 한 번 해주지 않았다. 오히려 교사들은 엄살을 부린다며 집단으로 구타했다. 이외에도 사라진 훈련생이 근처 바다에서 죽은 채 발견되거나 여자 훈련생이 모포를 말리던 중 투신자살을 하는 등 스스로 목숨을 끊은 학생들도 많았다.

영원한 비밀은 없다고 했던가? 어느 날 일본의 잡지 "선데이마이니치"에 이 내용이 보도되며 토츠카 요트 스쿨의 이미지는 한순간에 정신 개조를 위한 기숙 학원에서 가혹한 폭행이 이뤄지는 끔찍한 훈련 시설로 탈바꿈된다. 결국 토츠카 히로시를 포함한 15명의 직원은 경찰에 붙잡혔고, 재판을 받게 된다. 법원은 그들이 한 행동을 보고 "요트 스쿨의 훈련은 아이들의 인권을 무시했으며, 이는 교육이나 치료로 볼 수 없다"고 선언하며 토츠카에게 징역 6년을 선고했다. 그렇다면 이후 토츠카의 삶은 어떻게 됐을까?

현재 토츠카는 징역살이를 마친 후 사회로 나왔으며 계속해서 요트 스쿨을 운영하고 있다. 지금은 옛날보다 더 어린아이들이 주 타킷이라고 한다. 지금도 토츠카 요트 스쿨은 운영하고 있는데 놀랍게도 교육생은 약 10명 정도라 한다. 물론 체벌은 하지 않는다고 말하지만, 일본 현지에서는 그런 곳에 왜 아이를 보내냐는 의견이 지배적이다. 토츠카 요트 스쿨에 대한 세세한 정보는 공식 홈페이지의 질문란에서 확인할 수 있는데, 아직 체벌이 있냐는 질문에 토츠카는 이렇게 대답한다.

"체벌을 사용하고 싶지만 좀처럼 사용할 수 없습니다."

일본 도시전설이 된 미스터리한 여성 K. 카즈미

어느 날, 메밀소바 많이 먹기 대회에 나타나 무려 82판이라는 독보적인 기록을 세운 뒤 사라진 여자 K.카즈미. 그리고 얼마 뒤 인터넷 커뮤니티에 자신이 K.카즈미라 주장하는 한 사람이 나타난다. 그녀는 이를 증명하기 위해 자신의 사진을 올리며 그녀의 평범하지 않은 일상들을 소개했지만, 사람들은 K.카즈미란 여성의 말이 너무나도 비현실적이었기 때문에 그녀가 실존 인물이 아니라는 설도 나오는데…. K.카즈미, 그녀는 그저 도시전설에 불과한 것일까? 아니면 정말 실존 인물인 것일까?

2017년 4월 30일, 일식 레스토랑 체인점 사가미에서 한 대회를 개최했다. 사가미는 메밀소바, 덴푸라, 우동 등 150가지가 넘는 많

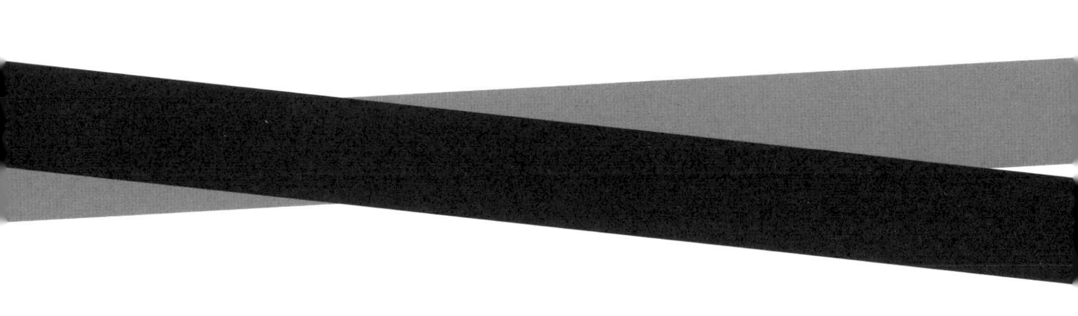

은 종류의 일식을 판매하는 곳이다. 과연 어떤 대회를 개최했을까? 사가미에서 개최한 것은 바로 메밀소바 많이 먹기 대회! 경기는 여성과 남성 따로 진행되었는데, 여기서 여성 참가자의 기록이 일본 전역을 충격에 빠트렸다. 무려 메밀소바를 82판이나 먹었기 때문이다. 다른 참가자들은 많이 먹어봤자 40판을 겨우 넘긴 것에 비해 이 여성 참가자는 그보다 두 배는 더 많이 먹은 것이다. 대회에 등록된 그녀의 이름은 K.카즈미. 그녀는 이 말도 안 되는 기록으로 인해 많은 사람의 관심을 받게 되지만 이름 이외의 정보는 알려지지 않았다. 이후 종적을 감추었고, 그 누구도 K.카즈미를 찾을 순 없었다.

그렇게 한참 시간이 흐른 뒤, 일본의 야후 지혜 보따리라는 커뮤니티에 자신이 K.카즈미라 주장하는 사람이 나타난다. 그리고 그녀는 이를 증명하기 위해 자신의 신체 사이즈가 나온 병원 검사지 사진을 공개했다. 검사지를 공개하자마자 사람들은 충격에 휩싸였다.

	2018	2019	2020
키(cm)	207	208	210
몸무게(kg)	212.6	211.4	222.6
발사이즈(mm)	335		

도저히 믿기 힘든 키와 몸무게 그리고 발 사이즈를 가진 것이다. 또한, 함께 올라온 사진 속에는 일본 길거리에서 보이는 자판기보다 더 거대한 K.카즈미가 서있었다. 이 사진을 본 야후 이용자들은 그녀의 거대한 모습에 공포를 느낄 정도였다. 이후로도 그녀는 SNS에서 사람들과 대화를 주고받는데 그 내용을 살펴보면, K.카즈미는 뇌와 관련된 병으로 인해

성장 호르몬이 과다 분비되어 거인증 및 말단 비대증을 앓고 있다 말했다. 따라서 시중에 파는 옷은 전부 안 맞아 주문 제작해야 하며 일반인이 사용하는 변기는 모두 부숴버려 스모 선수들이 사용하는 특수 변기를 사용한다고 한다.

그렇다면 K.카즈미의 한 끼 식사량은 얼마나 될까? 그녀가 말하길 쌀밥 10kg, 카레 30인분, 우동 21그릇, 규카츠 72조각, 샐러드 대형 사이즈로 3그릇, 오렌지 12개가 한 끼 식사라고 한다. 이 글을 본 일본의 모 푸드파이터는 기가 찬 듯 이렇게 말했다.

"푸드파이터 3명이 같이 먹어도 힘든 양인데, 저 양을 일반인이 한 끼에 다 먹는다는 게 말이 안 되죠. 당연히 도시전설이라고 생각해요. 메밀면으로 10kg 이상 배를 채우는 건 불가능해요. 이건 완전 이쪽 업계를 모르는 일반인이 헛소리한 겁니다."

실제로 K.카즈미가 대회에서 먹었던 메밀소바 82판은 약 13kg이며 칼로리로 환산하면 13,000kcal에 달한다. 또한, 일본의 한 예능에서 실험한 결과 푸드파이터 3명이 메밀소바 82판을 먹는데 겨우 성공하기도 했다. 그렇게 점점 K.카즈미에 대한 소문이 커지게 되며 여러 방송에서도 그녀의 이야기가 나올 때쯤, K.카즈미가 사실은 실존 인물이 아니라고 주장하는 사람들이 나타났다. 그들은 그녀가 인터넷에 올린 사진들도 조작된 것이며, 무엇보다 그녀가 커뮤니티에 올린 경험담들이 말이 되지 않는다고 말했다. 중화 프라이팬을 맨손으로 반으로 접는다거나, 지하철 손잡이의 가죽끈을 끊어버리고 배근력 측정기의 쇠사슬도 끊어버리는 괴력을 가지고 있다는 것과 해외여행을 갔을 때 공중화장실의 문이 안 열리자 그대로 부숴버려 나왔다는 것 등 그녀가 말한 경험담들이 터무니없는 거짓말이라고 덧붙였다. 하지만, 간과할 수 없는 한 가지 사실이 있었으니 그것은 바로 K.카즈미의 공식 대회 기록. 메밀소바 82판이라는 기록은 실제 사가미 공식 사이트에 올라온 정보이므로 그저 누군가 지어낸 근거 없는 가짜 뉴스가 아닌 실제로 회사에서 인증한 공식 기록이라는 것이다. 그럼, 실제로 메밀소바를 82판이나 먹은 실제 사람 있다는 것이지만, 막상

야후 지혜 보따리에서 활동하는 K.카즈미의 이야기가 거짓말 같다는 의심이 드는 상황. 과연 진실은 무엇일까?

어느 날, 일본 방송국 TBS의 한 프로그램에서 자신이 K.카즈미라 밝힌 한 여성이 등장한다. 그녀의 요청에 따라 얼굴은 모자이크 처리된 상태로 인터뷰가 진행되었다. 방송에 나온 인터뷰 내용에 따르면, 그녀의 이름이 K.카즈미인 이유는 자신의 이름인 카즈미와 성씨의 이니셜인 K를 합친 것. 또한, 그녀는 평소엔 소식을 하며 대회 당일에는 소바를 좋아해서 계속 먹다 보니 어느새 82그릇이나 먹은 뒤였다고 한다. 사실 그녀는 여러 방송국에서 출연 제의가 들어왔었는데, 모든 방송에 안 나갔던 이유는 단순히 얼굴이 대중들에게 공개되는 것이 싫어서였다. 그녀는 평범한 사람으로 직장에 다니고 있었으며, 가정이 있는 50대 여성이었기 때문이다. 그런 그녀가 왜 이렇게 갑자기 TV에 출연한 것일까? 그건 바로 그녀의 딸이 자신을 사칭하는 사람이 있다는 말을 들었기 때문이었다. 그녀는 진실을 밝히기 위해 처음이자 마지막으로 출연을 결심했다고 말했다. 그녀는 사칭범이 올린 자신의 사진이 꼴도 보기 싫었다며 책임지고 계정을 삭제해달라고 부탁했다. 방송에 출연한 실제 K.카즈미의 프로필은 키 167cm, 몸무게 60kg, 발 사이즈 245mm의 지극히 평범한 여성이었다. 이후, 일부 네티즌들은 대회에서 K.카즈미에게만 소바를 적게 줬다, 사실은 사가미 기업에서 마케팅을 위해 기록을 조작한 것이라는 등 K.카즈미의 기록을 부정하는 의견들이 많았으나, 그녀는 단 한 번의 방송 출연을 이후로 더는 세상에 모습을 드러내지 않았다.

잘 알려지지 않은 일본 미제사건 TOP 3

3위

푸른담요 살인사건

1906년 2월 12일 새벽, 일본의 어느 시골에서 한 목수가 공사 중이던 다리 위에서 작업을 하고 있었다. 그날은 눈이 많이 와서 길가에 눈이 쌓여있었다. 목수는 믿을 수 없는 상황을 목격했다. 바로 다리 중앙에 쌓인 흰 눈 위에 엄청난 양의 피가 떨어져 있는 것이었다. 목수는 곧바로 경찰서로 가 신고했다. 새하얀 눈에 새빨간 피가 물들어 있으니 대비되어 더 섬뜩해보였다. 이후, 현장을 본 경찰은 살인사건이라고 생각하여 마을을 조사하던 중 한 여성에게서 의심할 만한 증언을 듣게 된다. 그녀의 말에 따르면 목수가 피를 발견하기 전날 밤, 마을에 눈보라가 휘몰아치고 있었다. 그때 한 남성이 나타났다고 한다. 그는 어딘가 어색하게 파란 담요를 뒤집어쓰고 있었고 한 손엔 등불을 들고 있었다. 그는 선박 도매상의 주인인 다카키 쇼이치(30세)를 찾아와 이렇게 말했다.

"바로 옆 마을에 살고 있는 사람인데… 친척 할머니가 갑자기 쓰러져서… 좀 도와주세요."

그 당시 새벽에는 응급실에 갈 병원도 없었으니 간절한 마음으로 옆 마을까지 찾아와 도움을 요청하는 듯 보였다. 그리고 이 말을 들은 다카키 쇼이치는 그를 따라 옆 마을로 가게 된다. 그런데 두 시간 뒤, 푸른 담요를 뒤집어쓴 남자가 다시 나타났지만 그는 혼자였다. 이번엔 쇼이치의 어머니 키쿠(50세)에게 "우리 할머니가 위급해서 그러는데, 당신이 보고 싶다고 해서 데리러 왔다"며 그녀를 데리고 또 사라졌다. 또 한 시간이 지나고, 그는 여전히 푸른 담요를 두른 채 혼자 나타났다. 그는 이번에도 자신의 할머니가 끙끙 앓고 있다며 쇼이치의 아내를 데리고 어딘가로 사라졌다. 그 후, 몇십 분 지나지 않아서 또 나타나서는 이번엔 쇼이치의 둘째 딸에게 부모님이 옆 마을에서 할머니를 돌보고 있다며 자신을 따라오지 않겠냐고 물었다. 하지만 이를 지켜보던 이웃집 여자가 수상하게 여겨 남자를 그냥 돌려보냈다. 이후, 푸른 담요의 남자를 따라간 3명의 행방이 묘연해졌고 마을 사람들은 다 같이 온 마을을 돌아다니며 찾아봤지만, 어디에서도 발견되지 않았다. 그러다 다음 날, 경찰이 마을 뒤쪽 하천에 정박해있던 배 위에 핏자국이 묻어있는 것을 발견했고, 그 근처에서 쇼이치 아내의 시신을 발견했다. 그리고 얼마 안 가 하천에서 쇼이치 어머니의 시신을 발견했지만 결국 다카키 쇼이치의 시신은 끝까지 발견하지 못했다. 경찰이 조사한 바로는 다리 위에서 발견된 피의 양은 사람 한 명에게서 나올만한 양이 아니라고 판단했으며 푸른 담요의 남성은 먼저 따라간 쇼이치와 그의 어머니를 다리에서 살해한 후, 쇼이치의 부인은 하천에서 배에 태운 뒤 익사시켜 죽인 것으로 수사 결과를 발표했다. 그 후에도 경찰은 계

속해서 조사를 했지만, 결국 푸른 담요를 두른 남자의 정체는 아직도 밝혀지지 않았다.

2위
미츠나가 마치코 행방불명 사건

2011년 9월 12일 규슈 오이타현, 마츠나가 마치코(35세)는 남편과 딸과 함께 사는 전업주부였다. 마치코는 그날 오전 10시쯤 초등학생인 딸이 학교에서 치아가 부러졌다는 전화를 받게 되고, 자가용을 이용해 학교로 가게 된다. 그녀는 딸을 차에 태운 뒤 치과에 데려가 치료받을 때까지 기다렸다. 이때가 오전 11시 30분이었다. 그 후 그녀는 딸을 학교로 다시 데려다주었고 머리가 어지러워 집에 가서 자야겠다는 말을 한 후 집으로 돌아갔다. 시간이 흘러 오후 3시가 되자 그녀의 딸이 학교를 마치고 집으로 돌아왔는데, 현관문이 열려있었고 집에서 자겠다던 마치코는 보이지 않았다. 집안 곳곳을 뒤져도 그녀는 보이지 않았고, 마치코는 영영 집으로 돌아오지 않았다. 마치코가 사라질 당시 집에는 마치코의 핸드폰이 그대로 있었으며 차도 그대로 있었다. 하지만 차 키와 지갑, 그리고 마치코가 쓰던 베개, 샤워타월이 사라져있었다.

여기서 이상한 점은 차는 그대로 있었지만 차 키만 사라졌다는 것이었다. 마치코의 마을은 차가 없으면 돌아다니기 힘든 외딴 시골 마을이었고, 그녀도 평소 차를 끌고 밖으로 나갔다고 한다. 그런 그녀가 이번에는 차도 없이 평소에 가지고 다닐 필요가 없는 물건들만 가지고 없어진 것이다. 무엇보다 평소 매우 꼼꼼한 성격이던 마치코가 현관문을 열어두고 사라진 것도 말이 되지 않았다. 경찰은 마치코가 딸을 데려다주고 집으로 돌아와 쉬던 오후 12시부터 3시 사이에 누군가 납치했을 가능성이 높다고 말을 전했다. 어쨌든 마치코는 그렇게 사라졌고 한 달 뒤 집으로 의문의 전화가 걸려 왔다. 전화를 건 사람은 여성이었으며, 그녀는 전화기에 대고 "살려줘… 살려줘…"라고 흐느낀 뒤 전화를 끊어버렸다. 이외에도 전화가 와서 받으니 아무 말도 하지 않다가 끊어진 경우도 많다고 한다. 결국 마치코는 세상 어디에서도 발견되지 않았으며, 남편은 10년이 지난 현재까지도 아내를 찾기 위해 돌아다니고 있다.

1위
스즈키 토시유키 실종사건

1965년 7월 3일 시즈오카현 이토시 우사미구, 7살 소년 스즈키 토시유키는 오늘도 즐거운 마음으로 친구들과 놀러 나갔다. 하지만 스즈키는 그날 이후, 지금까지도 집에 돌아오지 못하고 있다. 이 사건이 특이한 점은 범인으로 추정되는 여성이 전화를 걸어온 것이다. 스즈키가 사라진 후 이틀 뒤, 스즈키가 살던 집으로부터 약 200m 떨어진 호텔에서 스즈키의 집으로 전화가 왔다. 전화를 받아보니 여성의 목소리가 들려왔다. 그녀는 이렇게 말했다.

"댁의 근처에서 아이가 사라졌다는 게 사실인가요? 틀림없는 거죠?"

이후 곧바로 전화가 끊어졌고 같은 날 오후 1시, 스즈키의 집 근처에 살던 친척 집으로 전화가 걸려 왔다. 이번에도 발신자는 똑같은 여성이었으며, 아이가 없어진 것이 사실이냐고 물어봤다. 이에 친척이 그렇다고 대답하자, 그 여성은 이렇게 말했다.

"제가 유괴했어요. 오늘 3시쯤 아타미역 1번 플랫폼에서."

친척은 너무 놀라 수화기를 집어던졌고,

다른 전화기로 바로 경찰에게 전화한 후, 다시 수화기에 귀를 갖다 대 봤지만 전화는 이미 끊어져 있었다. 같은 시각, 스즈키의 아버지는 료칸을 운영하고 있었는데, 같은 여성이 료칸에도 전화하여 “스즈키의 아버지 계신가요?”라고 말하더니 바로 끊었다고 한다. 하루 만에 수상한 전화가 세 통이나 온 것이다. 다음 날, 이번엔 실종된 스즈키의 집 근처 생선 가게로 전화가 걸려 왔다. 그 가게에 있던 4살짜리 아들이 전화를 받았는데, 전화를 건 사람이 스즈키였는지 “뭐야~ 토시짱?”이라고 말했다. 평소에도 실종된 스즈키를 이렇게 불렀기 때문에 이를 듣고 놀란 할아버지가 전화기를 뺏었지만 전화는 바로 끊겼다고 한다. 이후, 두 번째 걸려 온 전화에서 언급한 아타미역 1번 플랫폼에서 경찰은 대기해봤는데 수상한 자는 찾을 수 없었다. 같은 여성이 자꾸 전화해서 스즈키의 부재를 확인하고 자신이 유괴했다고 밝힌 것으로 볼 때, 범인은 스즈키의 가족들에게 돈을 요구하기 위해 납치한 것으로 보인다. 또한, 스즈키가 실종된 지 3일 후 스즈키의 집으로 들어오는 도로에 평소 마을에서 보이지 않던 낯선 검은색 차가 지나다녔으며, 뒷좌석에 앉은 여성이 창문을 살짝 열어 스즈키의 집을 응시하고 있었다는 목격자가 나타났다. 경찰은 이 여성이 진범일 가능성이 매우 높다고 추측하고 있다. 또 이상한 점은 의문의 여성에게 전화가 왔을 때, 와타시가 아닌 보통 남자들이 자신을 지칭할 때 쓰는 보쿠를 썼다. 목소리는 여성이었지만 자신을 남자처럼 지칭한 이유가 무엇이었을까? 그저 수사에 혼란을 주기 위해 그랬던 걸까? 하지만 이 이후에는 어떠한 연락도 오지 않았고, 스즈키는 살해됐을 가능성이 높다고 판단된다.

미타카 버스 사건

일본 도쿄의 한 버스.
도쿄 미타카시 버스 노선을 운행하던 버스에서 소란이 일어난다.
대체 무슨 일이 일어난 것일까?

EMERGENCY WINDOW REMOVAL
1
2
3
4

여학생 꺄악! 여기 성추행범이 있어요!

버스 기사 아니 무슨 일이오!

청년 (남성 A를 붙잡으며) 학생, 이 아저씨가 지금 성추행을 했다는 게 사실이죠?

여학생 네… 분명 제 엉덩이를 만지는 느낌이 났어요.

남성 A 저는 안 만졌습니다. 일단 진정하시고….

청년 아니 이런 더러운! 제가 정의를 집행하겠습니다!

남성 A 아니, 저는 만지지 않았다니까요! 이것 좀 놓고 얘기해봐요.

(이후, 청년은 남성 A를 제압한다)

버스 기사 (우리 버스 회사에서 치한이 나오다니… 용납할 수 없지) 여러분! 여기 치한을 잡았습니다!

(경찰이 도착했다)

경찰 무슨 일이신가요?

청년 여기 뻔뻔한 치한을 잡았습니다. 이 사람이 여학생의 엉덩이를 만졌다고요.

경찰 학생, 정말 이 사람이 성추행을 했습니까?

여학생 네… 엉덩이를 만졌어요.

경찰 흠… 선생님, 혹시 하실 말씀 있으신가요?

남성 A 저는 한 손으로 손잡이를 잡고 있었고, 나머지 손으론 서류를 읽고 있었습니다. 그리고 버스를 내리기 전, 문자를 보냈습니다. 제 핸드폰의 발신 기록과 버스의 CCTV를 확인해보면 무죄인 것이 증명될 겁니다.

경찰 그러시군요. 일단 같이 경찰서로 가시죠.

그렇게 남성 A는 조사를 받게 되는데, 그는 알고 보니 한 공립 중학교의 교사였음이 밝혀졌다. 그의 이름은 츠야마 마사요시. 마사요시는 조사과정에서 끝까지 성추행을 하지 않았다고 주장하였다. 이 소식을 전해 들은 청년과 버스 기사는 화를 내며, 뻔뻔한 치한을 잡았다는 글을 언론에 보냈다. 이후, 매스컴이 몰려오자 경찰은 과학 수사팀에 의뢰를 하게 되는데, 성추행을 당한 여학생은 100% 울 섬유로 된 교복을 입고 있었다. 울 섬유에 피부를 문지르면 섬유 조각이 묻어나기 때문에, 만약 마사요시가 치마 위로 엉덩이를 만졌다면 그의 손에서 섬유 조각이 검출되어야 했다. 하지만 과학 수사대에서는 충격적인 답변이 돌아왔다.

"섬유가 검출되지 않았습니다. 물리적으로 만진 흔적이 없습니다."

이 말은 즉, 마사요시는 정말 성추행을 하지 않았던 것이다. 하지만 여기서 문제가 발생하는데, 경찰은 무슨 자신감인지 과학 수사대에 분석을 부탁함과 동시에 마사요시가 범인이라는 결과가 나오지도 않았음에도 이미 언론에 그가 범인이라고 거짓 발표를 한 상태였다. 그러나 이제 거짓말이 들킬 위기에 처한 경찰은 책임을 회피하기 위해 청년과 버스 기사를 경찰서로 소환했다. 하지만 신원이 불분명했던 청년은 이미 자취를 감춘 뒤였으며 버스 기사만이 남아있게 되었다. 그는 CCTV를 확인하면 알 수 있을 테니 CCTV의 영상을 확인하고 여학생을 불러 조사하라고 권했다. 이후, 경찰은 여학생을 소환하여 조사를 시작하였다. 그녀는 누군가 분명 자신을 만졌지만, 누가 정확한 범인인지 모르겠다 등 계속해서 애매한 답변만 하고 마사요시가 성추행범이라는 확답을 내놓지 못했다. 그러나 딱 한 가지 엉덩이를 만졌다는 말이 일치하자 CCTV 영상이 매우 중요해졌고, 경찰은 사건 당일 CCTV를 확인한다. 영상을 본 경찰은 충격에 빠지게 된다. 마사요시의 말대로 그는 성추행을 하지 않았으며, 여학생과 같은 정류장에서 내리기만 했을 뿐이었다. 그러나 경찰은 이미 마사요시가 성추행범이라고 거짓 발표를 해버린 상황. 그들은 이 상황을 수습하기 위해 사건의 증거들을 조작하기 시작했다. 우선, 증언하며 자꾸 말을 바꾸던 여학생을 다시 경찰서로 불러 수사 기록에 거짓말을 첨가했다. 강압적인 분위기를 만들어 학생을 심하게 추궁하였고, 닿지 않았냐는 식의 질문을 통해 결국 닿았다는 대답을 받아내었다. 경찰은 수사일지 곳곳에 '확실하게 닿았다'라는 내용을 추가했으며, 마사요시를 유치장에 1년 6개월이나 가두어 놓는 그 시간 동안 그를 CCTV의 사각지대를 이용하여 여학생의 몸을 더듬은 변태로 만들어버렸다. 그리고 2013년 5월 8일, 츠야마 마사요시에 대한 재판이 열리게 된다.

경찰 재판장님, 마사요시가 여학생을 성추행한 것이 분명합니다. 버스 안에서 들고 있던 서류를 본 후, 핸드폰으로 문자를 보내기 전까지 10초 사이에 여학생의 엉덩이를 여러 번 만진 것입니다. CCTV에서는 찍히기 힘든 각도였으며 너무 빠른 시간에 일어났기 때문에 찍히지 않은 것입니다!

판사 (흠…내가 평소에 성범죄자한테 시원한 판결을 내려서 유명해졌는데, 이번에도 깔끔하게 유죄 판결을 내리는 게 좋을 거야) 경찰 측의 말을 들어보니 피고인은 성추행했을 가능성이 매우 높으므로 치한죄를 적용하고 벌금 40만 엔을 선고한다.

경찰의 말도 안 되는 주장을 받아들여 마사요시를 성범죄자로 만든 담당 판사, 그는 평소 성범죄자들에게 자비 없이 강력한 처벌을 내리기로 유명한 판사였다. 따라서 자신의 명성을 위해 무분별한 재판을 하게 된다. 한편, 치한죄가 성립된 마사요시는 공개적으로 학교에서 쫓겨났다. 하지만 그는 사건이 발생하자마자 이미 중학교 교사직에서 해임되었으며, 주변 사람들에게 성범죄자로 인식이 박혀 사실상 사회적인 활동이 불가능한 상황이었다. 그러던 중 이 상황을 보고 분노한 사람들이 있었는데, 그들은 바로 일본 변호사회. 변호사회는 마사요시의 이야기를 듣고 어딘가 잘못됨을 느꼈다. 따라서 그가 고등재판소에 항소할 인력들을 무료로 제공하겠다고 발표했다. 그러고는 일본 사법계의 고질적인 문제들을 고쳐야 한다며 실력 있는 변호사들이 지원하여 반격을 시작했다.

변호사 재판장님, 저번 판결은 잘못됐습니다. 피고인이 성추행범이 아니라는 5가지 유력한 증거가 있습니다. 첫째, 마사요시가 누명을 썼던 시기에 자신이 성추행범을 체포했다고 주장하며 취업에 성공한 사람이 있었습니다. 자신이 정의를 집행한다고 외치던 청년은 취업준비생이었으며, 자신의 취업을 위해 노골적으로 피고인에게 누명을 씌운 것입니다. 둘째, 버스를 운행하다가 문제가 발생하면 해당 버스를 운행했던 버스 기사가 사고의 책임을 지게 됩니다. 그는 이 책임을 지지 않기 위해

치한을 검거하는데 조력했다는 핑계로 회피하려 했던 것입니다. 셋째, 성범죄자에게 가혹한 처벌을 내려 유명해지자, 자서전 출판까지 제안받은 판사가 저번 재판에서는 자신의 명예와 업적을 위해 경찰의 억지 주장을 무분별하게 수용한 것으로 여겨집니다. 넷째, 과학 수사대의 결과가 나오기도 전에 거짓 발표한 경찰은 이 문제에 대한 책임을 검찰에게 넘기기 위해 증거를 조작한 것으로 여겨집니다. 마지막으로, 증언을 번복하던 여학생. 그녀는 자신을 피해자로 대우해주며 관심을 보여주자, 주변 반응을 즐기며 증거 조작을 도운 것입니다. 그저 관심이 고팠던 여학생은 자신에게 따뜻한 주변 사람들의 반응과 여론이 마음에 들자 아무 죄 없는 마사요시 씨를 범인으로 내몬 것입니다!

판사 피고인 측의 변호를 들어보니 일리가 있으며, 이전에 피고인의 손에서 치마의 섬유 검출이 안 된 점. 그리고 그가 추행했다는 확실한 영상이나 녹취 기록이 없는 점을 보아 피고인에게 무죄를 선고한다.

긴 싸움 끝에 츠야마 마사요시는 무죄 판결을 받으며 사건은 막을 내리게 된다. 그리고 이 사건의 진실이 밝혀지는데, 사건 당일 마사요시는 동료들과 회식을 마친 후, 학교에 두고 온 지갑을 가지러 버스를 탔다. 그는 당시 크로스백을 앞쪽으로 메고 승차했는데, 앞에 서있던 여고생이 불만 가

득한 말투로 중얼거리자 이를 듣고 자신의 가방 때문에 그러나 싶어서 죄송하다고 사과를 했다. 그러자 앞에 있던 여고생은 그의 손목을 붙잡고는 같이 내려달라 요청했고 마사요시는 귀찮지만 여고생을 따라 내렸다. 정류장에서 같이 하차한 후, 갑자기 성추행 얘기를 하는 여고생. 때마침 다음 버스가 도착했고, 이를 본 청년과 버스 기사가 쓸데없이 그를 쫓아가 성추행범으로 몰고 폭력을 행사했다. 웃긴 점은 여고생은 치한 행위를 당한 적도 없으며 그냥 뒤에 있었다는 이유만으로 그를 데리고 내린 것이다. 이 사건은 여고생의 엉덩이를 만졌다는 주장만 있고, 어떠한 증거도 없는 사건이었다. 자신의 취업을 위해 무고한 사람을 성추행범으로 몬 취업준비생, 생사람 잡은 버스 기사, 자신이 지금 무슨 소리를 하고 있는지도 모르는 관심이 고픈 여고생, 명예를 지키려고 일을 제대로 안 한 판사가 합쳐져 아무 죄 없는 사람을 성범죄자로 몰아 지옥으로 내몬 사건이었다.

지하철 물품 보관소 함부로 열면 안 되는 이유

2015년 4월 26일 일본 도쿄역, 오늘도 근무를 서게 된 역무원은 한 가지 이상한 점을 발견했다. 그것은 도쿄역에 비치된 물품 보관함에 주인이 찾아가지 않는 수상한 짐이 하나 남겨져 있었던 것이다. 역무원은 대수롭지 않게 생각하며 캐리어를 사무실로 옮겨 놓았고, 그렇게 한 달이 지나도 주인이 나타나지 않자 역무원은 강제로 가방을 열어봤는데, 충격적이게도 캐리어 속에서 발견된 것은 어느 여성의 시신이었다. 역무원은 깜짝 놀라 바로 경

찰에 신고하게 되고, 출동한 경찰이 시신을 회수한 뒤 시체를 부검하면서 알게 된 시신의 특징은 다음과 같았다.

나이: 70~90세 추정
체형: 키 140cm의 마른체형, 허리가 굽어 있는 것으로 보아 고령의 노인으로 보임
특징: 이마 가운데에 5mm 크기의 혹, 틀니 착용, 백발 머리카락, 손가락에서 관절염 흔적 발견
인상착의: 베이지색의 가디건
사망 시점: 시신이 발견되기 약 한 달 전
타살 흔적은 따로 발견되지 않음

일본 경찰은 캐리어 안에 들어있던 노인의 시신을 보고는 "이건 타인이 고의로 감금한 것이 분명하다"고 생각하여 수사에 돌입했다. 시신은 가방에 집어넣기 쉽도록 반으로 접힌 상태였는데, 물품 보관소에 맡겨진 한 달 동안 부패가 심하게 진행되었다. 따라서 피해자의 신원조차 정확히 파악할 수 없어 수사에 난항을 겪게 되었다. 또한, 시체가 담겨 있던 캐리어는 길이 73cm, 너비 53cm, 두께 27cm의 노란색 캐리어였는데, 이 모델은 옛날 제품으로 현재는 생산되지 않았기 때문에 구매자들을 특정하여 수사하는 것이 불가능했다.

결국 어떠한 단서도 얻지 못한 채 2년이 흐르게 되고, 경찰은 도쿄역 근처 길거리에서 시민들에게 의문의 노인 시신에 대한 전단지를 돌리기도 하지만 현재까지 피해자 여성이 누군지조차 알아내지 못했으며 이 사건은 장기 미제사건으로 분류됐다. 죽은 노인은 도쿄 중심에 살고 있던 사람이 아니라 외곽 지역 또는 타지역에서 감금되어 도쿄역으로 옮겨진 것으로 추측되고 있다.

한편, 2015년에 이 사건이 일본 전역으로 방송됐을 당시 굉장히 놀라운 사건이라 전 국민들 사이에서 여러 소문이 떠돌았다. 도대체 피해자 할머니는 무슨 죄를 저질렀길래 타인에 의해 좁디좁은 캐리어에 들어가서 사망한 채 도쿄역 보관소에 버려졌는지 이유를 추측했다. 그중에서도 가장 그럴듯한 일본 경시청 관계자의 주장에 따르면, 캐리어에서 나온 노인의 시신은 장례비에 돈을 쓰고 싶지 않았던 유가족들의 소행으로 보고 있다는 것이었다. 즉, 노인은 자신의 자식들에게 버려져 장례도 못 치르고 시신이 부패된 것으로 보인다. 사실 2010년대 초부터 일본에서는 부모의 장례비를 감당하기 힘들어 산이나 정원에 암매장하거나 나라에서 나오는 노령연금을 계속 타기 위해 부모가 죽어도 장례를 치르지 않고 시신을 집안에 그대로 방치하는 일이 종종 있었다고 한다. 상당히 패륜적인 일이지만 돈이 급하거나 금전적으로 생활이 힘든 가정은 이런 끔찍한 일을 저질렀다. 그리고 이번 사건 또한 경찰이 수사를 종결한 후 시신이 행정기관에 넘어가게 되면 무연고로나마 장례가 치러질 것이니 자식들이 책임지기 싫고 최소한의 장례는 치르고 싶어 이런 방식으로 시신을 유기했다는 것이다. 이후, 같은 이유로 이런 시신 유기 사건이 또 발생하지 않게 하기 위해 장례비가 없다면 아무 곳이나 유기하지 말고 지역 행정기관을 찾아가 도움을 받으라고 홍보하기도 했다. 과연 캐리어 속 노인은 무슨 이유로 죽게 되었으며 누가 그녀를 도쿄역의 물품 보관소까지 와서 유기하고 떠난 걸까?

전설적인 해군 소령의 마지막 비밀 임무

출처
https://commons.wikimedia.org/wiki/File:Lionel_Crabb.jpg

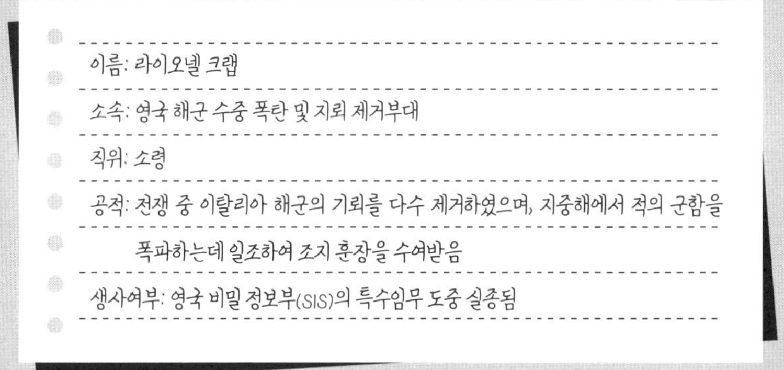

제2차 세계대전 당시, 영국 해군의 수중 임무를 수행하던 스킨다이버 전문가 라이오넬 크랩은 이미 상당한 실력자로 소문이 자자했다. 그는 조지 훈장을 받을 정도로 여러 작전에서 아주 훌륭한 모습을 보인 군인이었고, 명예롭게 군대를 퇴역하게 된다. 하지만 그 후, 크랩은 전역하고 나서 사회에 적응하지 못하는 여느 군인들처럼 매일 술에 찌들어 살았으며 군생활을 그리워했다. 심지어 그는 술에 취해 지인에게 자신의 군대 이야기를 풀던 중 자신이 했던 비밀임무에 대한 내용을 퍼트리고 다녔다.

그러던 어느 날 망나니 같은 삶을 살던 그에게도 좋은 기회가 찾아오는데, 1956년 4월 소련의 오르조니키지 함이 두 척의 전함과 함께 영국의 주요 해군기지인 포츠머스 항에 입항했다. 오르조니키지 함에는 소련의 최고 권력자인 니키타 흐루쇼프가 타고 있었는데, 그는 정상회담을 위해 영국을 방문했던 것이었다. 이때 영국의 총리 앤서니 이든 경은 영국 비밀 정보부(SIS)에게 이렇게 말했다.

"소련에서 중요한 손님이 왔는데, 너희 마음대로 정보 캐내겠다고 소련 배에 잠입하면 다 죽을 줄 알아! 쓸데없는 짓 하지 말란 말이야."

왜 영국 총리는 비밀 정보부에게 스파이 짓을 금지시켰을까?

당시 영국은 수에즈 운하의 소유권을 놓고 이집트와 의견 충돌이 있어 대립하는 중이었다. 그리고 때마침 영국을 방문한 소련은 이집트에게 무기를 제공하고 있었기 때문에, 영국은 가능한 한 소련과 우호적인 관계를 유지해야만 했다. 만약 소련과의 관계가 틀어진다면 소련은 영국에게 완전히 등을 돌려 이집트를 지지하며 전폭적인 지원을 해줄 지도 모르기 때문이었다. 따라서 앤서니 이든 경은 비밀 정보부에게 가만히 있으라고 재차 강조했지만, 비밀 정보부는 그 말을 무시한 채 스파이 활동을 계획했다. 영국 비밀 정보부는 소련이 영국에 방문한다는 소식을 미리 접하고는, 누구를 비밀 임무에 투입할지 고민에 빠졌다. 소련의 오르조니키지 함에 비밀 정보부의 요원을 투입시켰다가 소련에게 들키기라도 한다면 영국과 소련의 관계도 틀어질 뿐더러 임무를 지시한 비밀 정보부 직원들 또한 영국 총리의 말을 무시한 대가를 치러야 했기 때문이다. 그렇게 한참 고민하던 비밀 정보부는 완벽한 대책을 생각해냈는데, 그것은 바로 이미 은퇴한 라이오넬 크랩 소령이었다. 크랩은 정식 비밀 정보부 요원이 아니었기 때문에 설령 임무에 실패하더라도 얼마든지 발뺌할 수 있었다. 또한, 그는 스쿠버 다이빙 실력이 수준급이었고 소련 전함에 잠입해서 정보를 수집하고 다시 빠져나오는 데도 수월할 것으로 판단되었다. 따라서 크랩 소령에게 은밀히 접촉한 영국 비밀 정보부. 비밀 임무에 대한 이야기를 들은 크랩은 이내 쉽게 SIS의 제안을 받아들였다. 크랩은 마침 군 시절이 그리웠고, 비밀 임무를 하던 현역 시절이 떠오르기도 했으며, 벌어놨던 돈이 떨어져 생활비가 필요했기 때문이었다. 따라서 1956년 4월 17일 오르조니키지 함이 영국에 입항하기 하루 전날 밤, 크랩은 SIS 소속 비밀 요원인 스미스와 함께 호텔에 투숙했다. 다음 날, 예정대로 소련의 전함이 포츠머스항에 입항한 후 흐루쇼프는 런던으로 향했고, 그사이 크랩은 오르조니키지 함 근처에서 시험 잠수를 하며 임무를 개시했다. 그러나 크랩이 잠수한 지 얼마 지나지 않아 호흡 장치의 이상으로 다시 물 위로 올라왔고, 이후 산소통의 탄산가스를 제거한 뒤 두 번째 잠수를 시도했다. 그런데 충격적이게도 이 잠수 이후로 크랩은 평생 수면 위로 떠오르지 못했다. 결국 일정이 끝난 흐루쇼프는 아무 이상 없이 오르조니키지 함을 타고 다시 소련으로 돌아가게 되었고, 그 다음 날 영국 해군은 크랩 소령이 잠수 장비를 시험하던 도중 사고가 발생하여 사망한 것으로 발표했다. 하지만 이 소식을 들은 국민들은 믿지 않았다. 사건을 자세하게 조사해야 한다는 의견들이 많았는데, 이에 영국 정부는 모든 책임을 크랩의 개인적인 소행이라는 핑계로 덮어버렸고 이 이상 사건의 진상을 밝힐 시 국익에 위배된다는 발표를 했다.

결국 이 사건은 영국 정부가 같은 말만 반복하며 모른 체하는 태도로 인해 더 이상 밝혀진 정보가 없다. 또한, 기자들이 크랩과 같이 호텔에 묵었던 SIS 요원 스미스를 쫓아다니자 그는 자취를 감추고 세상에서 사라져버렸다. 따라서 사건의 진실을 둘러싼 온갖 추측들이 나오기 시작했다.

1. 의문의 시체

크랩이 실종되고 1년 뒤, 실종 지점에서 얼마 떨어지지 않은 치체스터에서 어부들이 잠수복을 입은 시체를 발견했다. 단, 시체는 머리와 손이 잘려나가 없어진 상태였다. 치체스터의 검시관은 크랩 가족들의 증언을 바탕으로 시체를 조사하기 시작하는데, 크랩의 몸에 있던 흉터나 특징이 시신과 일치했으며 시체가 입고 있던 이탈리아제 잠수복이 크랩이 입었던 잠수복과 같았기 때문에 검시관은 이 시체가 크랩이라는 결론을 내렸다. 하지만 머리와 손이 없어 치아와 지문을 확인하지 못해 100% 장담할 수 없었다. 만약 이 시체가 크랩이라면, 사고로 죽었다던 크랩이 왜 머리와 손이 잘려나간 채 발견된 것일까?

2. 소련의 납치 혹은 살해

크랩이 오르조니키지 함에 성공적으로 잠입했지만 소련의 해군들에게 발각되어 납치당했거나 살해당했다는 주장이다. 크랩은 이미 은퇴한 후 술이나 퍼먹으며 몸이 망가진 상태였기 때문에 체력도 안 좋고 재빠르지 못했다. 따라서 소련군의 눈에 띄지 않고 잠수함을 은밀히 돌아다녀야 했지만 발각돼버린 것이다. 그래서 결국 그들에게 처형되어 머리와 손이 잘린 채 바다에 버려졌다는 주장이다. 또한, 납치되었다는 주장의 근거가 무엇이었냐면, 어느 날 소련의 군사 잡지에 해군 장교들의 단체 사진이 실린 적이 있었다. 그런데 사진 속 수중작전교관으로 보이던 르포비치 중위가 크랩과 너무 닮았던 것이다. 얼마나 비슷했으면 크랩의 부인과 친구가 이 사진을 보고 크랩이라고 할 정도였다. 하지만 사진이 희미해서 정확하지 않았기 때문에 이 주장은 설득력을 잃게 되었다.

3. 폭탄 제거 중 사망

오르조니키지 함이 영국에 도착했을 당시, 소련을 적대시하던 제3 세력이 오르조니키지 함 밑에 수중 폭탄을 설치해두었는데, 이것을 발견한 크랩이 폭탄을 제거하려다 폭사했다는 주장이다. 바로 앞에서 폭발이 일어났기 때문에 발견된 시체에는 머리와 손이 없었다는 것이다.

4. 영국 비밀 정보부의 소행

사실 크랩을 죽인 것은 소련이 아닌 영국 비밀 정보부(SIS), 또는 영국의 보안을 책임지던 MI-5의 소행일 것이라는 주장이다. 비밀 정보부가 퇴역 해군인 크랩을 고용하여 비밀 임무를 수행했지만 자신들의 소행임을 들키면 분명히 큰 대가를 치러야 하기 때문에 점점 겁이 났고, 결국 임무 중이던 크랩을 살해한 뒤 증거를 없애기 위해 머리와 손을 잘라 바다에 버렸다는 것이다. 크랩은 비밀 임무의 내용을 알고 있는 당사자였기 때문에 사살한 것으로 추측된다. 또는, 영국의 총리인 앤서니 이든이 이 작전을 알게 되었고, 소련의 적대감을 사지 않기 위해 MI-5에 지시하여 작전을 마치고 물에서 나오던 크랩을 그대로 살해했다는 것이다.

이외에도 크랩이 왜 죽었는가에 대한 여러 추측들이 난무했다. 그러던 중 2007년 영국 데일리 미러지는 이 사건의 진실이라며 충격적인 내용을 발표했다. 데일리 미러지에 따르면 그들은 당시 오르조니키지 함에 탑승하고 있던 소련 군인과 인터뷰를 했는데, 그는 이렇게 증언했다고 한다.

"그때 저희는 영국 포츠머스 항에서 흐루쇼프 님이 정상회담을 갔다 오실 때까지 대기하고 있었어요. 그런데 수상한 잠수부 한 명이 저희 오르조니키지 함을 정탐하다가 붙잡혔죠. 그때 소련 해군은 보안을 위해 그를 죽인 뒤 머리와 손을 잘라 바다에 던져버렸습니다."

이 말이 사실이라면 사건의 실상에 가장 부합하는 설명이었다. 하지만 크랩의 실종에 대해선 확실하게 밝혀진 바가 없다.

7번 성형한 범인, 그녀는 왜 붙잡혔을까?

1982년 8월, 일본의 에히메현 마쓰야마시에서 살인 사건이 발생했다. 이 사건의 피해자는 술집에서 일하던 여성 A. 범인은 A의 목을 졸라 살해한 뒤, 집 안에 있던 도구 몇 개를 훔쳐 사라졌다. 이후 사건 현장에 도착한 경찰은 범인을 빠르게 찾아냈는데, 범인의 이름은 후쿠다 카즈코로 피해자와 같은 술집에서 일하고 있던 호스티스였다. 그렇게 범인이 누군지 알아낸 상황이므로 모든 일이 순조롭게 진행될 줄 알았지만, 카즈코는 무려 15년 동안 경찰을 피해 숨었으며 붙잡히지 않았다. 15년 후, 일본 후쿠이 시내에 위치한 어느 어묵집. 이 어묵집은 단골 손님이 꽤 많은 동네 맛집이었는데, 자주 오는 손님들끼리 함께 술을 먹으며 잔치를 벌일 정도로 이미 서로 친한 상태였다고 한다. 그러던 어느 날, 어묵집 주인이 손님들과 TV를 보던 중 뉴스에 15년 동안 도주 중이던 후쿠다 카즈코의 사진, 통화할 때 녹음되었던 목소리가 나왔다. 어묵집 주인은 그 뉴스를 보자마자 한 여성이 떠올랐는데, 그녀는 어묵집 단골이었던 레이코 상이었다. 분명 TV에 나온 범인의 외모와 다르게 생겼지만, 묘하게 닮은 느낌이 있었고 녹음된 목소리와 말투가 레이코 상이란 확신이 들었다. 마침 오늘은 레이코가 어묵집에 놀러오지 않았기 때문에 다른 손님들과 대화해보니, 뉴스를 본 모든 손님이 그녀를 의심하고 있었다. 따라서 어묵집 주인은 레이코를 경찰에 신고하게 되고, 출동한 경찰은 어묵집 주인에게 한 가지 부탁을 하게 된다.

경찰: 저희가 후쿠다 카즈코를 너무 많이 놓쳐서요. 벌써 공소시효가 한 달도 안남았습니다. 이번에도 못 잡으면 살인범을 눈앞에서 놓치는 겁니다. 이번엔 확실히 잡아야 하는데… 혹시, 다음에 레이코가 어묵집에 오면 그녀가 사용했던 술잔을 씻지 말고 보관해주시겠어요?

이후, 경찰에 협조한 어묵집 사장 덕분에 레이코가 사용한 컵을 얻을 수 있었고, 경찰이 그 컵에서 지문을 채취하여 DNA를 검사한 결과 15년 동안 세상에 모습을 드러내지 않았던 후쿠다 카즈코와 일치했다. 며칠 뒤, 경찰은 어묵집 주변에 잠복한 후 술을 먹고 나오는 카즈코를 검거하는데 성공한다. 그녀는 무려 14년 11개월 10일을 도망 다녔는데, 일수로는 5,459일이다. 어떻게 후쿠다 카즈코는 그렇게 오랜 시간 동안 경찰의 눈을 피해 도주할 수 있었을까? 그 이유는 7번의 성형수술이었다. 카즈코는 15년 동안 도망치며 7번의 성형수술을 통해 외모를 바꿔갔다. 언론에서는 그녀에게 7개의 얼굴을 가진 여성이라는 별명을 지어줬다.

범행 동기

1982년, 후쿠다 카즈코는 술집에서 일하고 있었다. 그녀는 평소에도 욕심이 많은 사람이었는데, 어느 날 술집에서 제일 잘나가던 여성 A가 평소 카즈코의 손님이었던 남성을 뺏어가는 일이 발생했다. 이건 술집에서 서로의 손님은 빼앗지 않는다는 업계의 암묵적인 룰을 깨는 행위였을 뿐더러 카즈코의 자존심을 건드리는 일이었다. 이후 카즈코의 시기 질투는 점점 커져만 갔으며 결국 여성 A를 고민 상담을 핑계로 자신의 집에 초대했다. 그렇게 집안에서 둘이 대화를 하던 중 여성 A는 카즈코에게서 뺏어온 손님에게 좋은 선물을 받았다고 자랑하게 되고, 이에 이성을 잃어버린 카즈코는 여성 A를 살해하고 만다. 그리고 그녀는 사람을 죽였다는 사실에 겁이 났는지 남편에게 전화를 걸어 시신을 같이 처리해달라고 부탁한다. 남편은 카즈코를 도와 시신을 유기했지만, 죄책감에 시달린 나머지 경찰에 자수하게 된다. 하지만 카즈코는 끝까지 도주했다. 나중에 그녀는 여러 차례 성형수술을 하여 얼굴을 바꿔나가며 가나자와시에 있는 Snack이라는 술집에서 일하게 되는데, 당시 Snack의 단골 손님이던 과자가게 주인과 눈이 맞아 동거를 시작한다. 그러면서 카즈코는 Snack을 나와 그의 과자가게에서 함께 일을 시작했다. 카즈코는 일도 잘하고 열심히 했으며 손님에게 친절하고 싹싹하게 잘하여 가게의 평판이 좋아졌다. 이후, 사람들 사이에서 입소문이 퍼지며 가게에 찾아오는 손님들이 급격히 늘어났고 가게도 눈에 띄게 번창하게 되었다. 이러한 카즈코의 능력과 인성에 반한 과자가게 주인은 그녀에게 정식으로 프로포즈했는데, 카즈코는 자신의 정체가 탄로날까 봐 온갖 핑계를 대며 결혼을 미루었다. 그런데 너무 주저한 나머지 그녀를 의심하기 시작한 남성은 경찰에 신고했고, 경찰은 신고를 받고 바로 출동했지만 이상한 낌새를 눈치챈 그녀는 이미 자전거를 타고 도주한 뒤였다. 이후에도 카즈코는 오사카를 기점으로 그 주변 지역을 돌아다니며 경찰의 수사망을 피해 다녔고, 결국 마지막에 정착했던 후쿠이의 어묵집에서 붙잡히게 된 것이었다. 체포 이후 1997년 8월 18일, 후쿠다 카즈코는 살인죄로 기소되었고 무기징역을 선고받아 와카야마 형무소에 수감되어 2005년 3월 10일, 그녀가 57세가 되던 해 뇌경색으로 사망했다. 이 사건은 15년 동안 잡히지 않다가 극적으로 붙잡힌 카즈코의 이야기와 더불어 도망다니며 7번의 성형수술을 했다는 사실 때문에 일본 사람들에겐 상당히 흥미롭고 유명했던 사건이었다.

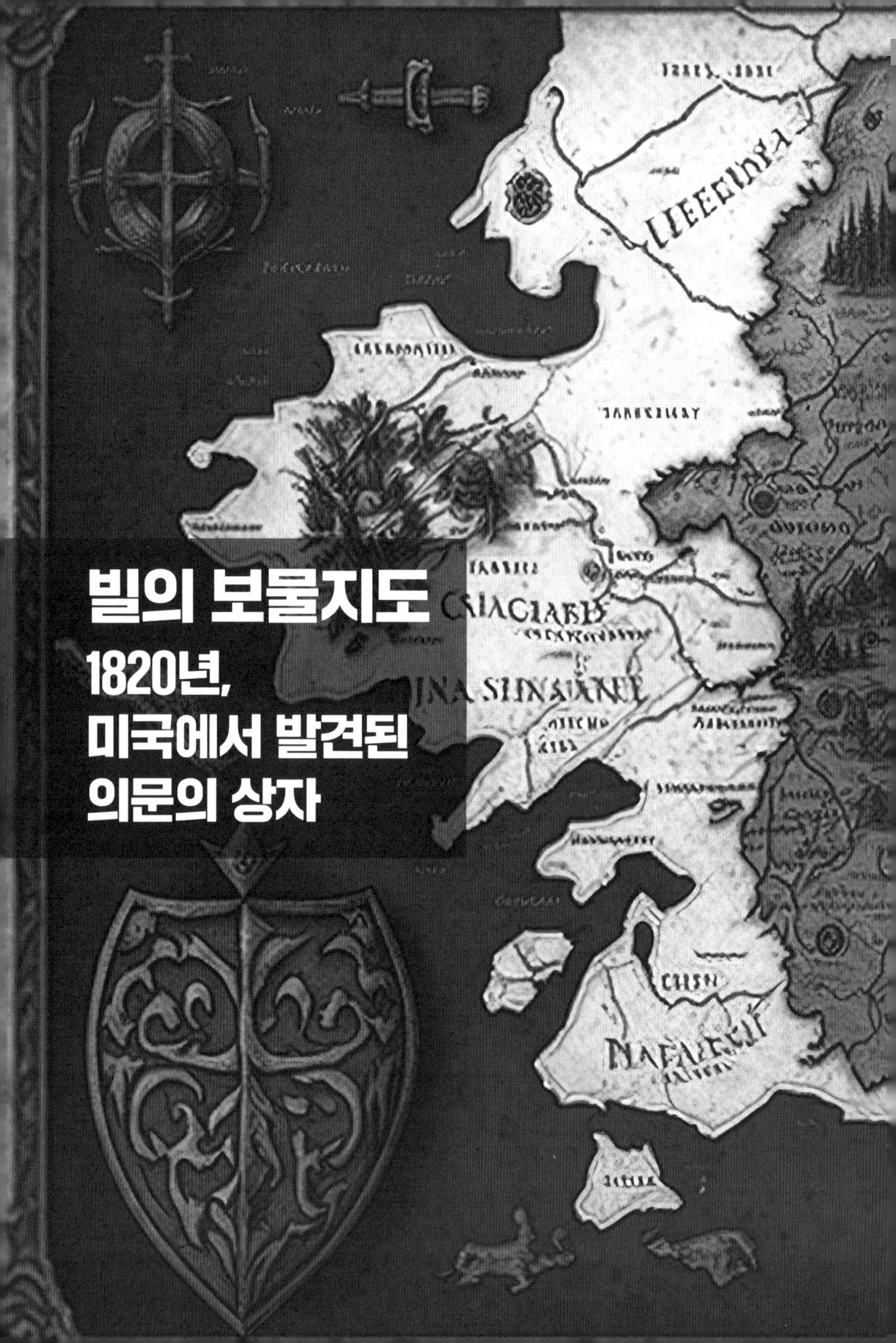

빌의 보물지도

1820년, 미국에서 발견된 의문의 상자

1820년 미국 버지니아주, 워싱턴 호텔에서 일하고 있던 로버트 모리스 매니저는 오늘도 별 탈 없이 호텔을 운영하고 있었다. 평화로운 하루가 될 것 같다는 생각을 한 그때, 한 남자 손님이 호텔로 들어왔다. 그는 다짜고짜 한 가지 부탁을 한다.

"제 이름은 토마스 빌입니다. 당분간 이 상자를 좀 맡아주세요. 그럼 나중에 누군가 호텔로 와서 상자를 달라고 요청할 것입니다. 그때 그 사람에게 이 상자를 전달해주시면 됩니다. 하지만 만약 10년이 지나도 아무도 상자를 찾으러 오지 않는다면, 사장님께서 직접 자물쇠를 부숴 상자 안을 살펴봐 주세요. 위험한 물건은 없으니 걱정하지 않으셔도 됩니다. 기간은 10년입니다. 10년이 지나기 전에 이 상자를 여시면 절대로 안 됩니다. 10년이 지나면 상자 안에 들어있는 것을 해석할 수 있는 문서를 제 친구가 보내줄 것입니다."

이후, 토마스 빌은 매니저인 로버트에게 상자를 맡기며 사라져버렸다. 그렇게 호텔 측에선 창고 구석에 상자를 두고 받아갈 사람을 기다렸는데, 아무리 기다려도 상자를 찾는 손님은 없었다. 결국 상자의 존재는 점점 잊혀져가다가 10년이 훨씬 지난 1845년에 상자를 발견한 로버트는 자물쇠를 부수게 된다. 상자 안에는 편지와 여러 종이가 들어있었고, 그 편지엔 놀라운 내용이 적혀있었다.

세 장의 암호문에는 여러 숫자가 빼곡히 적혀있었는데, 로버트는 보물을 찾기 위해 암호를 해독한다. 하지만 암호의 난이도가 상당히 어려웠기 때문에 로버트는 결국 암호를 풀지 못한 채 세상을 떠나고 말았다. 그렇다면 암호문은 어디로 갔을까? 여기에는 세 가지 가설이 있다. 첫째, 로버트가 죽기 전 자신의 친구에게 암호문을 건넸다는 설. 둘째, 주변 사람들에게 암호문을 뿌렸다는 설. 셋째, 자신의 친척인 제임스에게 비밀스레 건넸다는 설이 있다. 지금은 대중적으로 언급이 많은 친구 A에게 건넸다는 가정 하에 이야기해보겠다. 로버트의 뒤를 이어 암호 해독에 매진하는 친구 A. 그런데 문득 그의 뇌리에 스쳐가는 한 단어가 있었으니, 그건 바로 미국의 독

나 토마스 빌은 1819년 버팔로를 사냥하던 중 산타페로부터 북쪽으로 250마일가량 떨어진 계곡에서 엄청난 양의 황금을 발견했다. 보물들은 미국 버지니아주 린치버그의 어딘가에 숨겨두었고 정확한 위치를 알 수 있는 암호문을 상자 안에 함께 두었다.

상자 안에는 편지 한 장과 세 장의 암호문이 함께 들어있었다.

첫 번째 암호문 - 보물의 위치
두 번째 암호문 - 보물의 양
세 번째 암호문 - 해석 불가

립 선언문. A는 암호문을 해독할 때 어떤 식으로 했냐면, 일단 암호문은 여러 숫자가 빼곡히 쓰여 있었는데, 만약 첫 번째 숫자가 115라면 그 자리에 독립 선언문의 115번째 단어인 Instituded의 첫 글자 I를 대입했다. 그렇게 해서 세 장의 암호문을 모두 독립 선언문과 비교해봤지만, 세 개의 암호문 중 두 번째 문서만 해독할 수 있었다. 그럼 두 번째 암호문은 어떤 내용일까?

뷰포드에서 4마일 정도 떨어진 배드포드 카운티의 채굴장 지면으로부터 6피트 정도 깊이에 아래의 것들을 묻어놓았으며, 보물의 몫을 받을 사람의 이름은 동봉 문서 3에 적혀있다. 첫 번째 보물은 1,014파운드의 금과 3,812파운드의 은, 그리고 수송상 안전을 위해 세인트루이스에서 은과 교환한 13,000달러 정도의 보석들이다. 채굴장은 엉성한 돌담처럼 보이지만 보물을

담은 용기는 제대로 된 돌 위에 놓은 후 돌을 쌓아 은폐해 놓았다. 동봉 문서 1에는 채굴장의 정확한 위치를 적어 놓았기 때문에 쉽게 발견할 수 있을 것이다.

친구 A는 엄청난 양의 보물이 채굴장 밑에 묻혀있는 것을 알아냈다. 하지만 친구 A는 한편 궁금해졌다. 이 상자를 찾으러 온다는 그 사람이 말이다. 혹시 그 사람이 이 상자를 찾으러 오지 않을까 걱정됐지만, 이미 토마스 빌이 약속했던 기간을 훨씬 넘겨 상관없는 일이었다. 이제 친구 A가 첫 번째 문서만 해독한다면 정확한 보물의 위치를 알게 되는 것이었고, 그 모든 보물을 혼자 독차지 할 수 있는 것이었다. 이미 두 번째 암호문을 해독해 자신감이 붙은 친구 A는 첫 번째도 해석할 수 있을 줄 알았지만, 아쉽게도 그는 해석하지 못했으며 이 암호문들은 세상에 공개되었다. 이후, 엄청난 양의 보물의 위치가 적혀있다는 소식을 듣고 흥미를 가진 여러 암호 해독 전문가는 분석을 시작했다. 대표적으로 태평양 전쟁 당시, 일본군의 PURPLE암호를 해독했던 최고의 암호 해독 전문가 윌리엄 F 프리드먼. 1985년 당시, 미국 플로리다 앞바다에서 침몰한 스페인 난파선을 추적하여 엄청난 양의 보물을 발견했던 보물 사냥꾼 멜 피셔. 미국무부 소속 정보부 MI-8의 창립자이자 암호 해독 전문가였던 허버트 오스본 야들리 등이 있었다. 그들은 모두 이쪽 업계에서 꽤나 알아줬으므로 해독할 수 있을 것이란 기대를 한 몸에 받았다. 하지만 그들은 모두 암호 해독에 실패하였다.

이렇게 여러 의문만 남긴 채 빌의 보물지도는 아직도 미스터리로 남아있다.

일본 도쿄에 나타난 최악의 연쇄 폭파범 쿠사카 지로

일본에서 역대 최악의 미제사건 중 하나를 뽑자면 당연히 쿠사카 지로의 연쇄 폭발물 사건이 뽑힐 것이다. 이 사건은 1960년대 초반, 길거리나 영화관 등 여러 장소에서 불시에 폭발물이 발견되었던 테러 사건이다. 폭발물에는 "쿠사카 지로"라는 이름이 적혀있었고 경찰은 그를 찾기 위해 안간힘을 썼지만 결국 찾지 못했다. 그럼 일본의 4대 미제사건 중 하나로 불리는 쿠사카 지로 사건을 알아보자.

1차 사건

일본의 유명 가수인 시마쿠라 치요코. 그녀의 대표곡으로는 '도쿄예요 어머니', '이 세상의 꽃' 등이 있다. 데뷔 반 년 만에 앨범을 200만 장이나 판매하는 등 일본에서 치요코의 인기는 날이 갈수록 많아졌는데, 그러던 1962년 11월 4일, 도쿄 시나가와구에 있던 그녀의 사무실에 누가 보낸지 알 수 없는 의문의 봉투가 도착했다. 봉투를 제일 먼저 발견한 직원이 봉투를 열어보았는데, 봉투를 뜯자마자 큰 소리와 함께 폭발해버렸다. 놀랍게도 봉투 안에는 골판지로 된 원통이 하나 들어있었으며 그 안에는 화약이 들어간 폭발물이 있었다. 이때, 폭발 소리에 놀란 다른 직원들이 모여들어 봉투를 봤는데, 앞쪽엔 쿠사카 지로라는 이름과 K라는 이니셜이 적혀있었다. 그 당시 일본에서는 유명 가수들이나 배우들에

게 폭발물 테러나 염산 테러, 물건을 던지는 범죄가 많이 일어났기 때문에 이번 사건도 평소 치요코를 싫어하는 악성팬이 일으킨 범죄라고 추측했다. 그럼 범인은 이 폭발물 봉투를 어디서 보낸걸까? 봉투의 발신지는 일부가 지워져 제대로 알아볼 수 없었는데, 그나마 지워지지 않은 부분을 보면 도쿄의 시부야나 시타야 둘 중 하나였다고 한다. 또한, 날짜를 보면 봉투가 발견되기 하루 전에 발송한 것으로 나타났다. 그렇게 일부 악성팬의 소동으로 끝나는 듯 했으나 '쿠사카 지로'는 또 다시 나타나게 된다.

2차 사건

1962년 11월 13일, 도쿄 미나토구 서쪽에 위치한 롯폰기의 한 가정집에 의문의 봉투가 발송되었다. 그 집엔 당시 41살의 술집에서 일하는 여성이 살고 있었는데, 다행히 이번엔 불발하여 폭발하지 않았다. 경찰은 신고를 받고 출동해서 해당 봉투를 회수해갔는데, 나중에 봉투에 써진 글씨를 필적 조회한 결과 이번에도 1차 사건의 쿠사카 지로가 벌인 짓이었다.

3차 사건

1962년 11월 20일, 도쿄에 있는 뉴토호 극장에서 사람들이 영화를 보고 퇴장하고 있었다. 퇴장하던 관객 중 여고생이 한 명 있었는데, 그녀는 극장 로비를 지나가다가 수상한 봉투를 발견한다. 여고생은 소파 위에 놓여져 있던 봉투가 뭔지 궁금해 살짝 들어 올렸고, 그 즉시 봉투에 불이 붙어 여고생은 왼손에 화상을 입었다. 여고생의 증언에 따르면 봉투에 불이 붙기 전, 봉투에 '쿠사카 지로'의 서명이 쓰여있었다고 한다.

4차 사건

1962년 11월 26일, 이전 사건이 발생했던 뉴토호 극장의 근처에 위치한 히비야 극장이 소란스럽다. 경찰과 해당 건물 청소부 아주머니가 대화를 하고 있었는데 대화 내용은 이러했다.

청소부: 아니 글쎄 내가 청소를 마치고 화

장실 문을 여는 순간 뒤에서 뭐가 폭발하는 거 있지? 화장실 세면대 위에 어떤 종이 상자가 있었는데, 주인이 누군지 몰라서 일단 내버려뒀지. 근데 내가 문을 열 때 바람이 들어오면서 상자가 떨어져 폭발한 것 같아.

폭발이 발생한 곳은 극장 2층의 남자화장실이었는데, 이후 경찰이 조사해본 결과 이번에 발견된 폭발물은 이전과 다른 방식의 폭발물이었다. 쿠사카 지로도 범행을 하며 폭발물 제조 기술이 늘었던 걸까? 상자에 살짝만 충격이 가해지면 바로 폭발하는 구조였다. 역시나 이번 상자에도 '쿠사카 지로'가 적혀있었다.

5차 사건

1962년 11월 29일, 도쿄의 세타가야구에서 한 20대 남성이 전화를 하기 위해 공중전화 부스 안으로 들어갔다. 남성은 거기서 선반 위에 있던 시집이 들어있는 케이스를 발견했다. 호기심에 케이스를 열어보니 안에는 '한 줌의 모래'라는 시집이 들어있었고, 책과 케이스 사이에는 책갈피로 보이는 종이 하나가 꽂혀있었다. 그 종이엔 글자가 살짝 보였는데, 주인의 이름이겠거니 싶어서 책갈피를 잡아당긴 순간 폭발이 일어났다. 그리고 불에 그을러진 종이를 자세히 들여다보니 '쿠사카 지로'가 적혀있었다. 이 사건을 통해 알게 된 사실이 하나 있는데 그건 바로 쿠사카 지로가 저소득층의 생활고를 비관한다는 것. 케이스 안에 들어있던 한 줌의 모래라는 시집의 내용은 일본의 버블 경제 당시 대부분의 사람들이 돈을 쓸어모았지만, 반대로 전혀 돈을 못 벌었던 사람들이 자포자기한 심정을 나타내는 시집이었다. 쿠사카 지로는 자신의 비참한 인생을 알리고 싶었던 것이 아닐까?

6차 사건

도쿄로 일본 여행을 가본 사람이라면 한번쯤은 들러봤을 아사쿠사 센소지. 어느 날 경비원이 센소지 관음당 앞 향로대에서 땅에

떨어진 책을 발견했다. 마침 그날은 경비원이 야간 근무를 하는 날이라 새벽에 이 책을 읽을 생각으로 가져갔는데, 책을 피려 해도 안 열리자 경비원은 초소로 책을 가져갔다. 이후 그는 책 표지를 찢어버리는데, 그 안에는 화약과 건전지 2개가 장착되어있었고 운 좋게 화약이 터지지 않아 경비원은 무사할 수 있었다.

지금까지 쿠사카 지로의 테러 장소를 보면 연관성이 하나도 없는 무차별 테러였으며, 그의 범행 목적을 전혀 파악할 수 없었다. 경찰은 수사에 난항을 겪게 된다. 그런데 갑자기 쿠사카 지로의 테러 활동이 끊겨버렸다. 더 이상 같은 방식의 폭발물 테러가 발생하지 않았던 것. 그렇게 끝나는 줄 알았던 쿠사카 지로의 범행은 1년 뒤 다시 시작되었다. 1963년 8월 30일, 요시나가 사유리(당시 18세)는 매우 잘 나가는 배우였으며, 그녀의 집에는 항상 수많은 팬레터가 쌓여있었다. 그러던 어느 날, 그녀는 팬레터를 정리하다가 유독 이상한 흰 봉투를 발견하는데, 봉투 안에는 총알 하나와 검은 매직펜으로 쓴 협박 편지가 들어있었다.

5월 18일 오후 7시, 우에노 역에 있는 히가시 다방으로 현금 100만 엔을 아버님이 가지고 올 것. 7시 20분에 전화로 당신의 아버님을 다나카 씨라고 하면서 불러낼 겁니다.

-쿠사카 지로

봉투의 발신지는 5월 14일 시타야 우체국으로 즉, 첫 번째 사건 때 지워져서 안 보였던 발신지는 시부야가 아닌 시타야였던 것이다. 그런데 쿠사카 지로는 이 편지를 5월에 보냈지만, 사유리가 팬레터를 정리하던 것은 8월이므로 이때는 이미 쿠사카 지로가 돈을 가져오라고 했던 5월 18일보다 3달이나 지나버린 상태였다. 결국 9월 1일, 사유리는 협박 편지로 인해 공포를 느끼고 경찰에 신고한다. 이후, 경찰은 사유리의 집에 도착해 다른 팬레터들도 조사하는데, 총 5통의 협박 편지를 추가로 발견한다. 그리고 5일 뒤인 9월 6일, 쿠사카 지로에게서 협박 편지가 또 도착했다.

9월 9일 저녁 7시, 우에노에서 출발하는 아오모리 급행 토와다를 탈 것. 진행 방향 왼쪽 출입구에서 타서 밖을 볼 것. 이때, 뒤쪽 차량에 타시오. 녹색 전등이 켜지는 곳에서 현금 100만 엔을 던질 것. 8시까지 완료. 열차가 예정대로 출발하지 않을 시 다음 날인 10일에 진행할 것.

- 쿠사카 지로

일곱 번째 협박 편지에는 전에 없었던 시한폭탄 그림이 그려져 있었다. 경찰은 쿠사카 지로를 체포하기 위해 해당 날짜에 잠복했지만, 결국 쿠사카 지로는 협박 편지에 적힌 시간과 장소에 나타나지 않았다. 그러나 이후 충격적인 사건이 발생한다.

우에노 공원 노상 저격 사건

때는 7월 15일 한창 더운 여름날, 우에노 공원에서 여름 특별 공연이 열렸다. 당시 공연장 옆에서 한 남성(당시 27살)이 어묵 장사를 하고 있었는데, 그날은 비가 많이 내려 손님이 별로 없었다. 결국 그는 저녁 7시쯤 장사를 접고 포장마차를 닫던 도중, 등 뒤에서 누군가 쏜 총에 맞았다. 갑자기 날아온 총을 맞고 쓰러진 어묵집 주인은 왼쪽 어깨를 관통당했는데 운 좋게 살아남았다. 일본에서는 총기 소유가 불법이기 때문에 경찰은 이 사건을 두고 야쿠자 간의 세력 다툼이라고 판단했다. 이후, 이 사건은 뉴스에도 나오게 된다. 그런데 사건 10일 후, 우에노 경찰서에 길이 1.2cm, 직경 3mm의 총알 1발이 들어있는 봉투가 발송

된다. 경찰이 바로 조사를 해보자 이 총알은 어묵집 청년이 맞은 총알과 동일했는데, 놀랍게도 총알이 담겨온 봉투 뒷면에 쿠사카 지로의 서명이 적혀있었다. 어떻게 쿠사카 지로는 이 정도로 폭발물을 잘 다루며 일반인이 구하기 힘든 총기마저 소유하고 있던 걸까? 그는 수차례 테러를 감행하면서 선명한 지문을 여러번 남겼기 때문에 일본 경찰은 당연히 금방 잡을 것이라 예상했다. 총 19,000명 이상이 이 수사에 투입되었고 700만 명이 넘는 사람들의 지문을 조회해봤지만 끝내 쿠사카 지로를 찾는데는 실패하고 말았다. 결국 이 사건은 1978년 9월 5일에 공소시효가 만료되며 일본 최악의 영구 미제사건으로 남게 된다. 하지만 쿠사카 지로 사건의 가장 큰 문제가 남아있었는데, 그것은 바로 모방 범죄였다. 많은 사람이 쿠사카 지로의 이름으로 협박 전화를 하며 폭파 테러 예고를 했는데, 그 수가 무려 3주 동안 500건을 넘을 정도였다. 또한, 1968년에 요코스카선 전차 폭파 사건이 발생했다. 이 사건은 일요일 저녁에 전철을 폭파시켜 1명이 사망하고 14명이 부상을 입은 사건이다. 이 사건의 범인인 와카마츠 요시키는 경찰 조사에서 쿠사카 지로를 존경해 그를 따라한 것이라고 진술하기도 했다. 유명인부터 불특정 일반인까지 폭발물 테러를 하던 쿠사카 지로는 현재 어디 숨어있는 걸까? 지금도 어디선가 테러 계획을 세우고 있을지 모른다.

일본 AV배우 살인사건

2002년 10월 12일, 나가노현 시오지리시의 소방서는 유카와 하천 근처에서 승용차가 불타고 있다는 신고를 받게 된다. 신고를 받고 출동한 소방대원들은 현장에서 불에 탄 젊은 두 남녀의 시신을 발견했는데, 그들의 정체는 남성은 사카이 히로키, 여성은 AV 배우로 활동 중이던 모모이 노조미였다. 우선, 사카이 히로키는 자동차의 조수석과 뒷자석 사이에서 웅크린 채 형태를 알아보기 힘들 정도로 심하게 불에 타서 죽은 이유를 알아낼 수 없었다. 그의 왼손에는 손잡이가 불타 사라진 칼이 쥐어져 있었는데, 지인들의 증언에 따르면 그는 오른손잡이이며 평소 선단 공포증이 있는 것처럼 칼을 무서워했다고 한다. 반면

모모이는 승용차 밖의 10m 정도 뒤에서 옆으로 누운 자세로 눈을 뜬 채 발견되었다. 굉장히 소름 돋는 장면이었는데, 죽은 이유는 허리와 복부에 입은 상처가 사인으로 밝혀졌다. 몸은 불에 그을려져 있었지만 얼굴은 비교적 화상이 덜 입었다. 경찰은 모모이의 시신에서 발견된 수많은 자상을 보고 사카이가 벌인 살인 또는 동반 자살에 혐의를 두고 조사를 시작했다. 그러던 중 경찰은 수많은 의문점을 발견하게 된다.

1. 집 안의 PC 전원을 켜놓고 외출하여 엉뚱한 곳에서 괴상하게 죽어있었다는 점.
2. 사건 현장에서 휴대폰이 사라졌다는 점.
3. 두 사람은 맨발이었는데, 모모이의 신발은 사카이의 자택에 있었다는 점.
   (즉, 모모이는 집에서 나올 때부터 맨발로 나왔다는 것이다.)
4. 자동차를 운전한 사카이가 운전석이 아닌 뒷자석에서 발견됐다는 점.
5. 불을 태운 기름은 등유인 것으로 추정

되는데, 승용차 주변에 등유를 담을만 한 용기는 발견되지 않았다는 점.

6. 사카이와 모모이 두 사람의 폐에서는 연기가 담배 한 개비 분량만 발견됐다는 점.
(이는 두 사람 모두 불에 타죽은 것이 아니며, 두 사람 모두 먼저 죽은 후 또는 죽기 직전에 불에 태워졌다는 뜻이다. 과연 이것이 제3자 없이 단둘이서 가능한 행위인가?)
7. 불에 탄 차는 모두 문이 잠겨있었고, 차의 열쇠는 차 안에서 발견됐다는 점.
(그럼 누군가 사카이를 죽인 후, 차 안에 넣고 여분의 키로 밖에서 차 문을 잠근 걸까?)
8. 사건이 일어난 후 사카이의 어머니는 방을 정리하다가 한 장의 사진을 발견했는데, 사진은 사건 당일 찍혔으며 사진 속에는 사카이와 모모이가 다정하게 웃으며 셀카를 찍고 있었다는 점.
(따라서 서로가 죽일만한 이유는 없었을 것으로 추측된다.)
9. 사카이 히로키는 취미로 밴드활동을 했는데, 사건 당일 차량이 불에 타기 불과 30분 전 친구에게 전화를 걸어 라이브에 초대했다는 점.

유족들은 경찰이 계속해서 조사 방향을 동반 자살로 몰아가는 것에 대한 불만을 표출했다. 누가 자살하기 30분 전에 친구에게 전화를 걸어 공연에 초대하냐는 것과 현장에 있던 칼과 등유의 구입 경로는 불확실하여 사카이나 모모이가 아닌 제3자가 준비한 것일 가능성이 높았기 때문이다. 또한, 지인들은 두 사람이 자살할 이유가 전혀 없다고 말했다. 그럼 모모이의 동종 업계 사람들은 어떻게 생각했을까? AV 업계에서 경력이 꽤 있는 한 작가는 이렇게 말했다.

"그건 무조건 타살입니다. 업계 관계자라면 모두가 그렇게 생각하고 있을 겁니다. 일부에서는 사카이 씨와 모모이 씨가 다툼을 하여 서로 싸우다가 죽은 것처럼 말하고 있는데, 사실 제가 보기엔 제3자가 개입하여 살인한 것으로 추측됩니다. 이 세계(AV)에서 어두운 면은 셀 수없이 많으니까요."

모모이 노조미는 1980년 9월 23일 생으로 나가노현에서 태어나 고등학교 졸업 후 도쿄로 이사왔다. 원래 그녀의 장래희망은 영양사로 영양사 자격증을 취득하고 전문학교에 다니던 중 신주쿠역에서 AV 관계자에게 스카우트 되어 데뷔하게 되었다. 그녀는 로리타계 배우로 큰 인기를 모으며 1년 동안 약 200 작품에 출연하기도 했다. 한마디로 일주일에 3 작품을 촬영했던 것인데, 그렇게 열심히 활동하던 그녀가 사카이 히로키와 사귀기 시작하며 AV 배우를 은퇴하려 했고, 사건 발생 2일 후에 잡혀있던 스케줄을 사건 발생 직전 촬영을 거부하며 업계 관계자들과 다퉜다고 한다. 그렇다면 동종 업계 종사자 중 범인이 있는 걸까? 사카이 주변에도 의심되는 인물이 있었다. 사카이는 어느 날 아파트 이웃인 남성 A가 다단계 사업에 뛰어들 것을 권유했고, 사카이는 큰돈을 벌 수 있다고 생각하여 속아 넘어갔다. 그러나 이후 A와 다단계 사업의 본사는 잠적하게 된다. 이 남자 A는 살인사건의 유력 용의자로 지목되는데, 그 이유는 A가 과거에 사카이가 개인 목적으로 80만 엔을 빌릴 때 차용증을 작성한 사람이기 때문이다. 또한, 사건 당일 알리바이를 위조하기도 했다. 그러다 A는 돌연 잠적해버려 15년 동안 사라졌다가 2010년에 갑자기 방송에 나타나 인터뷰를 하게 되는데, 여기서 그는 당시 여자가 나오는 술집에 간 것을 아내에게 들키고 싶지 않아 알리바이를 위조했던 것이라고 말했다. 그리고 또 이상한 일이 발생했다. 사카이의 유가족에 따르면 어느 날 서랍에 있던 사진 필름이 사라졌는데, 경찰은 조사를 위해 가져간 적이 없으므로 누군가 집에 침입해 사진 필름을 훔쳐 달아난 것이었다. 또 어떤 날은 누군가 집 창문틀에 들꽃을 두고 가기도 했다. 하지만 이런 짓을 벌인 사람은 누군지 찾아내지 못했다. 그래서 결국 이 사건은 어떻게 됐을까? 경찰은 이 사건을 동반 자살로 수사 종결하였고, 사카이 히로키의 유족은 타살이 아닌 자살이라는 명목하에 보험금을 지급하지 않은 보험 회사를 상대로 소송을 걸었다. 이때, 유가족들은 사카이가 누군가에게 살해당한 것이 분명하다며 보험금 지급을 요구했고, 2003년 1월 23일, 나가노 지방법원은 "제3자에 의해 살해당했다고 보는 것이 자연스러워 타살을 인정한다"고 결론짓는다. 이외에도 이 살인사건에 대한 수많은 루머가 있지만 모두 확실하지 않으며, 결국 이 사건의 범인은 붙잡히지 않은 채 장기 미제사건으로 남아버렸다.

natoque penatibus et magnis dis parturient montes, nascetur ridiculus mus. Aenean lacinia efficitur maximus.
Morbi bibendum dignissim vehicula. Curabitur quis eros sed odio congue egestas. Curabitur hendrerit, nisi eu elementum laoreet, erat nunc laoreet leo, ac sollicitudin massa neque id mi. Sed rhoncus libero quis nunc posuere sapien iaculis.
Have you seen the truth?
Prime Time
25-03-2016
Have you see the truth?
?
Quisque sed volutpat elit, sed sec

메리 셀레스트호 사건

저주받은 배

옛날 옛적 저주받은 배가 하나 있었다. 이 배는 1861년 캐나다에서 제작되어 첫 항해를 나서자마자 선장이 폐렴에 걸려 사망했다. 그 후, 두 번째 선장으로 존 너팅 파커가 임명되었고, 그는 항해 중 어선을 들이박아 버렸다. 따라서 항해를 멈추고 배를 수리하던 도중 배에서 정체모를 화재가 발생하고 만다. 결국 예상보다 시간과 비용이 많이 들었지만 어떻게든 수리를 마치고 나서 그는 두 번째 항해를 나서는데, 캐나다에서 유럽으로 가는 첫 대서양 횡단이었지만 영국의 도버 해엽에서 다른 배와 충돌해 그는 선장에서 해임되었다. 이후, 6년 동안 이 배는 저주받았다는 이야기가 떠돌며 소문이 안 좋아지자, 배의 소유자였던 윈체스터는 이름을 메리 셀레스트로 바꾸고 거금을 들여 배를 수리하였다. 그리고 1872년 11월 7일, 이번엔 숙련된 항해사 벤자민 브리그즈가 선장이 되어 메리 셀레스트호를 몰고 뉴욕으로 출항하게 된다. 메리 셀레스트호가 출항하고 한 달 뒤인 1872년 12월 4일, 영국의 디 그라티아호의 선원 중 한 명이 항해 도중 아조레스 제도와 포르투칼 사이의 망망대해에서 유령처럼 둥둥 떠도는 배를 발견하게 되는데, 그 배는 잔잔하게 좌우로 조금씩 흔들리고 있었다. 또한, 돛대를 기이한 모습으로 펼쳐놓고 항해하고 있었다. 그라티아호의 선원들은 선장인 모어하우스에게 이를 보고하였고, 그는 수상한 배에 가까이 접근해보라고 지시했다.

선원들과 모어하우스는 이를 보고 놀랄 수 밖에 없었다. 바로 그 배가 한 달 전 출항했던 메리 셀레스트호였던 것이다. 심지어 모어하우스는 셀레스트호의 선장인 브리그즈와 개인적으로 술을 마실 만큼 친한 사이였다. 모어하우스는 이미 뉴욕에 도착했어야 할 그가 여기 있는 것을 이상하게 생각하고 2시간 동안 근처에서 배를 지켜봤다. 하지만 지켜보면 볼수록 이상했다. 셀레스트호가 너무너무 조용한 것이었다. 따라서 그라티아호 선원들은 셀레스트호에 올라탔는데, 갑판에는 물이 젖어있었고 화물칸에는 1.1m 높이까지 물이 차 있었다. 또한, 구명보트 1척이 사라져있었는데, 이는 셀레스트호 선원들이 매우 급하게 구명정을 타고 어디론가 사라진 것처럼 보였다. 어쩌면 무언가에 쫓겨 도망친 것처럼 보이기도 했다. 하지만 배를 버리기엔 셀레스트호는 아직 멀쩡한 상태였다. 선장실에는 모든 서류가 사라져있었지만 선장의 항해일지가 남아있었다. 선원들은 중요한 단서가 될 항해일지를 읽어봤는데, 거기엔 배를 발견하기 10일 전인 11월 25일까지만 글이 적혀있었다. 특히 마지막에는 무언가에 쫓기듯 급하게 썼는지 휘갈겨진 글씨체로 "아내 사라가…"라고 적혀있었다.

이후, 그라티아호 선원들은 이 괴이한 실종 사건의 진상을 파악하기 위해 배의 구석구석을 뒤져봤다. 우선, 해적이 습격한 건 아닌 듯 해보였다. 왜냐하면 선원들의 개인용품이나 비상식량 등이 그대로 남겨져 있었기 때문이다. 또한, 싸움의 흔적이나 혈흔이 발견되지도 않았다. 하지만 어딘가 이상했다. 배에 남아있는 흔적들은 셀레스트호 선원들이 실종되던 날 매우 급박한 상황이었음을 말하고 있었기 때문인데, 주방에는 요리사가 요리를 하던 중 뛰쳐나간 듯이 냄비에 음식이 조리되던 채로 남아있었다. 그리고 화장실에는 선원 한 명이 면도를 하다가 어디론가 사라진 듯 면도날에 수염이 엉겨붙은 채로 세면대 위에 놓여있었다. 그럼, 메리 셀레스트호에는 누가 타고 있었을까? 배에는 브리그즈 선장과 그의 아내 사라, 2살된 딸 소피아와 선원 7명이 타고 있었다. 이들이 전부 흔적도 없이 바다 위에서 사라져버린 것이다. 모어하우스는 이 배를 조사하면 할수록 뭔가 불길한 예감이 들어 셀레스트호를 방치해두고 그냥 떠나려 했지만, 선원 중 한 명이 이렇게 말했다.

"조난당한 배라도 멀쩡한 배를 가져가면 보상금을 5천만 원이나 받을 수 있잖아요! 그리고 이 배를 그냥 놔두고 가면 나중에 사람들이 엄청 욕할 걸요?"

결국, 모어하우스는 찝찝하지만 배를 영국으로 끌고 왔고 경찰은 즉시 수사를 시작했다. 조사를 하던 경찰은 모어하우스와 브리그즈가 함께 작당 모의하여 죽은 척하고 보험금을 타려고 하는 게 아닌가 의심했다. 하지만, 보험금으로 타는 돈보다 자작극을 벌이는데 드는 시간과 비용이 더 많아 손해였기 때문에 이 혐의는 곧 사라졌다. 애초에 모어하우스는 빚도 없었고 자산이 많은 상태였기 때문에 이런 고생을 하면서 보험금을 탈 이유가 전혀 없었다. 그리고 보험금을 타려면 셀레스트호 선원들이 평생 숨어 살고 있을 텐데, 경찰은 미국과 영국 전역에 수배 전단지를 돌렸지만 그들의 흔적은 어디에서도 찾아볼 수 없었다. 당시 수사관 중 한 명은 이런 추리를 했다.

"그라티아호 선장과 셀레스트호 선장이 원래 친한 사이였는데, 사건 당일 바다 위에서 마주친 겁니다. 그래서 각 배의 선원들은 셀레스트호에 모여 술을 먹고 파티를 벌였는데, 일련의 사건으로 싸움이 붙어 서로 싸우다가 살인을 해버렸고 결국 증거인멸을 위해 셀레스트호 선원 전부를 죽여 바다에 수장시킨 뒤 배만 끌고 온 것이 아닐까요? 솔직히 항해 중 우연히 셀레스트호를 발견했다는 것도, 배를 뒤져보니 선원들이 이미 사라져있었다는 것도 다 모어하우스의 증언일 뿐 당시 상황을 아는 건 그들 밖에 없잖아요. 충분히 말을 꾸며내도 증거가 없으니 충분히 의심해볼 만합니다."

하지만 그라티아호 선원들은 증거를 제시하라며 거세게 반발했고, 두 세력이 싸웠다는 증거는 발견되지 않았다. 결국 몇 달간의 수사 끝에 결론이 나오는데, 원인 불명의 실종이었다. 경찰은 끝내 셀레스트호 선원들의 실종 이유를 밝혀내지 못했다. 그 뒤로도 평생 메리 셀레스트호의 선원들은 어디에서도 찾을 수 없었다. 사건 이후, 배는 미국에 있던 소유주 윈체스터에게 돌아오게 되는데, 배를 받자마자 윈체스터의 아버지가 미국 보스턴에서 익사 사고로 죽게 되었고, 결국 메리 셀레스트호는 저주받은 배로 인식이 박혀 헐값에 팔리게 되었다. 이후 1923년, 이 배는 도저히 수리할 수 없는 상태라고 판단되어 바다에서 스스로 침몰하도록 해안에서 떠내려 보냈다고 한다. 이 사건에는 수많은 가설이 존재하는데, 대표적으로 4가지가 있다.

1

수상한 노인

어느 날, 한 선원은 술집에서 술을 마시다가 자신이 메리 셀레스트호의 선원이었다고 말하는 노인을 만나게 된다. 그 노인은 이렇게 말했다고 한다.

"우리는 항해하던 중 11월 말에 바다 위에 표류 중이던 어떤 배를 발견했는데, 당시 그 배에 있던 사람들은 병으로 다 죽어있었고 배 안에는 금이 가득했어. 그 양은 어림잡아도 몇 톤이 넘을 듯한 엄청난 양이었고 우리는 나눠가지기로 했지. 다들 셀레스트호에서 내려서 그 작은 배를 타고 떠났어."

이를 들은 선원은 그럼 항해하는데 필요한 물이나 음식을 가져가야되는데, 왜 셀레스트호에 모든 음식을 두고 내렸냐고 물어보자, 노인은 이렇게 대답했다.

"그 작은 배에 통조림이랑 물이 있길래 육지까지 버틸 수 있겠다 싶어서 그냥 탔지. 그리고 당시엔 금괴에 눈이 멀어 우리는 그냥 정체모를 이유로 선원들이 사라진 것으로 대충 꾸미자고 약속한 뒤 다들 흩어졌어."

선원은 믿지 않으며 "그럼 당신은 무엇을 하고 지냈느냐"고 물어봤지만, 노인은 알 필요 없다고 말하며 술집에서 나가버렸다고 한다.

2

무인도 표류설

1953년에 프랑스 국적의 선원들이 무인도에 표류하게 된다. 이들은 섬을 돌아다니며 먹을

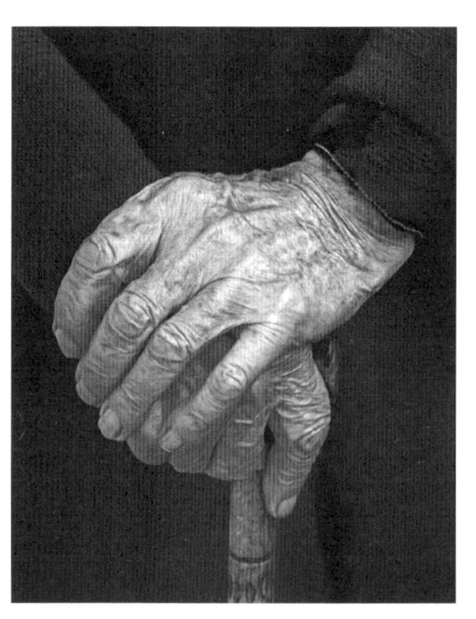

것을 찾다가 해골을 발견했는데, 해골 위에 걸쳐져있던 옷에 이름표 하나가 꽂혀있었고, 거기엔 “벤자민 브리그즈”라는 이름이 적혀 있었다고 한다.

3

외부갑판 사고설

평소 브리그즈 선장의 딸인 소피아는 돌고래 구경하는 것을 굉장히 좋아했다고 한다. 그래서 메리 셀레스트호에는 딸이 바다를 구경할 수 있는 작은 갑판을 배의 외각에 만들어놓았다. 이 가설은 항해 도중 바다 한가운데에서 돌고래 혹은 거대한 고래를 만나 신기한 나머지 선원 모두가 외부 갑판에 모여 구경하다가 갑판이 무게를 견디다 못해 부서지면서 모두 사망했다는 가설이다.

4

오크통 폭발설

이 가설은 가장 유력하며 꽤 현실적인 가설이다. 배에는 붉은 오크로 만든 드럼통에 알코올을 담은 화물이 있었는데, 오크통에서 알코올이 기화하며 점점 밖으로 새어 나와 화물칸이 그 기체로 가득 차버렸고, 드럼통을 고정하고 있는 철제 밴드가 항해 중 서로 부딪히며 마찰로 인해 순간적인 스파크로 알코올 기체가 폭발했다는 설이다. 또는, 화물칸을 열어본 선원이 알코올 냄새가 진동하는 화물칸을 보고 스파크에 놀라 배가 폭발한 것이라 예상하여 선원들을 모두 구명보트로 대피시켰다가, 결국 망망대해에서 구조를 기다리다 모두 죽게 되었다는 것이다. 실제로 실험 결과, 에탄올은 매우 낮은 온도에서 불이 붙기 때문에 드럼통을 전혀 태우지 않고 폭발할 수 있다고 한다.

이외에도 수많은 가설이 있지만, 정확한 이유는 밝혀지지 않았으며 결국 메리 셀레스트호는 영원히 미제사건으로 남았다. 과연 브리그즈 선장과 나머지 선원들은 무슨 이유로 사라져버린 걸까?

비트코인 음모론

요즘 비트코인을 모르는 사람은 없을 것이다. 비트코인으로 자신의 자산을 늘려 부자가 된 사람들이 화제가 되자 많은 사람이 비트코인에 투자하기 시작했다. 하지만 비트코인으로 인생역전에 성공한 사람이 있는 반면 모았던 돈을 모두 잃어버린 사람도 있다. 이처럼 비트코인은 높은 수익률을 자랑하는 만큼 위험성 또한 크다. 이렇게 사람들 사이에서 크게 화제가 되고 있는 비트코인! 비트코인을 발명한 그는 누구인가!

때는 2008년 10월, 어느 홈페이지에 "Bitcoin: A peer-to-peer Electronic Cash System"이라는 제목의 9쪽의 논문이 올라왔다. 그리고 1년 뒤인 2009년, 비트코인이라는 프로그램이 공개되며 세상 밖으로 나오게 된다. 비트코인을 올린 그의 이름은 사토시 나카모토. 평소 사토시는 비트코인을 할 때 위치 추적이 어려운 토르 브라우저를 사용했으며, 일본 이름으로 활동했지만, 일본어는 일체 쓰지 않았고 영어만 사용했다. 또한, 주요 활동 시간은 일본을 기준으로 봤을 때 새벽이었으며, 낮 2시부터 8시에는 인터넷 활동이 급감했다. 이로써 그는 새벽에 활동하는 올빼미족이거나 일본어 가명을 쓰는 외국인이라고 추측되고 있다. 전 세계를 쥐었다 폈다 하는 비트코인을 개발한 사토시의 재력은 어느 정도일까? 2021년 2월을 기준으로 봤을 때, 그는 세계 부자 순위 27위였다. 이는 단순히 사토시가 비트코인 개발을 했기 때문에 나온 순위가 아니다. 그는 2009년 초, 혼자서 비트코인의 첫 채굴을 시작한 이후 현재까지 단 한 번도 비트코인을 자신의 지갑

에서 빼낸 적이 없다. 또한, 그는 한 개의 지갑에 다 넣은 것이 아니라 여러 개의 지갑을 만들어 분산 저금을 했다. 이때, 사토시의 강심장의 면모를 볼 수 있는데, 그는 2009년 초부터 현재까지 비트코인의 값이 수천만 배로 늘어나는 상황, 그리고 90% 이상의 하락 폭을 몇 번씩이나 겪는 와중에도 단 한 번도 출금하지 않고 12년 동안 채굴만 했다는 것이다. 이 얘기는 코인이 최저점을 찍거나 최고점을 찍어도 그는 무덤덤했다는 것이다. 또한, 경제 전문가들은 가상화폐에 대해 부정적 의견을 낼 때가 많다. 사토시는 이 의견들을 모두 무시하며 우직하게 비트코인을 저축해두고 있던 것이다. 결국, 그는 현재 100만 BTC. 약 80조 원을 보유하고 있는 것으로 추정된다. 이것은 비트코인을 가장 많이 보유한 암호화폐 투자회사 그레이스케일 트러스트가 보유한 65만 개의 1.7배에 달하는 양이다. 이에 코인 투자자들은 비트코인이 진짜 망하는 날이 온다면 그건 사토시가 비트코인에 질려 판매할 때라고 말한다. 그리고 미래를 그려봤을 때, 만약 비트코인의 가치가 계속해서 오르고 전 세계적으로 보유량이 늘어나면 몇 년 안에 그는 전 세계 1위 부자가 될 수도 있다고 한다. 이렇게 베일에 감춰진 사토시의 정체는 도대체 뭘까? 여기에는 많은 음모론이 존재한다.

1. 사토시 나카모토 사망설

그가 이미 사망했다는 설이다. 세계 경제에 대한 사토시의 영향력이라면 각국의 정보기관들이 추적해서 이미 찾아냈어야 했지만, 아직 CIA가 사토시 나카모토를 찾는 중이라고는 한다. CIA에선 왜 사토시 나카모토를 찾는 것일까? 이유는 간단하다. 세계적으로 엄청난 영향력을 끼치지만, 실제 정체를 감추고 있는 사람을 CIA가 잡는다면 자신들의 위상이 높아지기 때문이다. 하지만 사토시를 추적한 지 꽤 오래된 지금도 그의 정체를 아는 사람은 없기에 사람들은 사토시의 정체에 대해 이렇게 말한다. 하나, 정보기관이 추적하기 이전에 이미 사망하여 추적할 그의 발자취가 끊겼기 때문에 추적 불가능한 것. 둘, 이미 정보기관에선 그가 죽은 것을 알아냈기 때문에 세계적으로 큰 영향을 줄 만한 이 정보를 기관에서 비밀로 하는 것.

2. 사토시 나카모토 다중인물 설

그가 평소에 사용하는 영어는 매끄러운 영국식 영어였고 가끔 미국식 표현을 섞어 사용했는데, 이를 보고 어떤 이들은 사토시가 사실 한 명이 아닌 집단이라고 주장한다. 또한, 사토시가 만들어낸 비트코인 프로그램은 2년 안에 제작되었다고 하는데, 사람 한 명이 비트코인 프로그램을 2년 안에 만드는 건 거의 불가능하다고 한다.

3. 도리언 프렌티스 설

2014년 미국의 시사 주간지인 뉴스위크에서 한 기사를 내보냈다. 여기엔 사토시는 미국에 거주하는 일본계 미국인이며 컴퓨터 엔지니어로, 이름은 도리언 프렌티스 사토시 나카모토라고 한다. 이름 뒤에 대놓고 사토시 나카모토가 들어가 있으며 컴퓨터 공학자로 일했었기 때문에 비트코인을 만들 수 있을 법한 그가 사토시라는 의견이 많았다. 하지만 나중에 도리언 프렌티스가 직접 나와 자신은 사토시가 아니라고 해명했다. 또한, 2009년 사토시의 계정이 P2P사이트에 비트코인을 설명하는 게시물을 올렸었는데 이때, 그의 계정으로 댓글에 "I'm not Dorian Nakamoto"라고 작성했다. 하지만 아직 아무도 확실하게 모른다. 도리언이 사토시인지 아닌지 말이다. 도리언이 1인 2역을 하며 사토시의 계정으로 "나는 도리언이 아니다"라고 말할 수 있기 때문이다. 과연 그가 사토시인 것일까?

4. 일론 머스크 설

일각에서는 테슬라의 CEO인 일론 머스크가 사토시 나카모토라는 주장을 한다. 일론 머스크는 암호학과 경제학에 능통하다고 한다. 게다가 억만장자이기 때문에 80조 가까이 되는 코인을 현금화하지 않고 살아가는 것이 가능하다고 말하는 사람도 있다. 또한, 그가 평소 비트코인에 대한 호위적인 행동을 하는 것도 수상하다고 보는 시선도 있다.

이외에도 자신이 사토시 나카모토라고 주장하는 사람들이 있었으며, 사토시가 비트코인을 개발할 때 옆에서 도와주던 조력자가 사실은 사토시라는 말도 있다. 하지만 아직 정확히 사토시 나카모토의 정체를 아는 사람은 없다.

애견 훈련사 살인사건

*1993년에 발생했던 사건으로 반려견이라는 용어 대신 애견이라는 단어를 선택했습니다.

1993년 일본 사이타마현 구마가야시에서 애완용품 판매, 애견 훈련을 시키는 "아프리카 켄넬"을 운영하던 세키네 겐(남), 카자마 히로코(여) 부부가 있었다. 부인 카자마는 원래 보육교사로 일하며 살아왔다. 그러다 우연히 방문하게 된 가게에서 세키네를 만나게 되는데, 이후 사이가 급속도로 깊어져 만난 지 1년 만에 결혼에 성공했고 가게를 공동운영하게 된다. 세키네는 원래 알래스칸 맬러뮤트 브리더로 이 업계에서는 이름을 꽤 날리는 사람이었다. 옛날부터 애견 훈련을 오래 해왔기 때문에 손님들이 문제 행동을 하는 강아지들을 데려오면 탁월한 실력으로 고쳐주었다. 하지만 이 부부는 손님들에게 사기적인 상술을 부린다고 평판이 안 좋았다. 예를 들어, 강아지가 태어나면 고가로 입양해주겠다며 개를 암수로 맞춰 비싼 가격에 분양해놓고, 나중에 강아지를 데려오면 이런저런 핑계를 대며 값을 깎아내리는 수법을 사용했다. 1986년 일본의 버블경제가 한창일 때, 이들은 14억 원을 대출하며 사업을 확장했는데, 일본의 버블 경제는 그리 오래 가지 못했고 이 둘은 완전히 망하고 만다. 일반적인 생활도 불가능할 정도로 사업이 망해버렸다. 이를 계기로 세금을 피하기 위해 세키네는 변호사의 충고에 따라 부동산의 명의를 옮기기 위해 위장 이혼까지 하는 등 힘든 삶을 살고 있었다.

그렇게 하루하루 고달프게 살아가던 중 세키네 부부의 첫 번째 살인이 시작된다. 피해자는 카와사키 아키오라는 사람이었다. 그는 세키네가 사기를 쳐서 고액으로 강아지를 분양받았던 손님인데, 나중에 환불을 위해 세키네를 찾아왔다. 하지만 자본적으로 여유가 없던 세키네는 엄청난 스트레스에 시달렸고, 두 부부는 결국 계속해서 환불을 요구하는 카와사키를 죽여버렸다. 세키네는 인적이 드문 곳으로 그를 불러낸 뒤, 수의사로부터 받은 개 도살용 질산스트리키니네를 사용해 독살한다. 이때, 애견 샵의 직원이었던 야마자키가 이를 보게 되는데, 세키네는 야마자키를 이렇게 협박하였다. "너도 이렇게 되고 싶어?" 세키네는 야마자키가 신고를 할까봐 두려워 그를 범행에 가담시켜 공범으로 만들었다. 그럼 야마자키도 경찰에게 신고를 못 할 테니 말이다. 피해자의 시신을 야마자키의 집 목욕탕에서 토막내고, 분리된 시신은 군마현의 산이나 하천에 유기했다. 이후, 피해자의 차량 또한 야마자키에게 시켜 어디 먼 곳에 버리고 오도록 명령했다.

1993년 4월 21일, 살해당한 카와사키가 집에 돌아오지 않자 가족들은 실종 신고를 하게 된다. 경찰은 처음엔 카와사키가 모종의 이유로 잠시 가출한 것이라고 판단해 큰 관심이 없었지만, 도쿄역에 버려져있던 그의 차를 발견하게 되며 본격적인 수사가 시작되었다. 이후, 경찰은 피해자와 세키네 사이에 금전적인 문제가 있었던 걸 알게 되어 세키네의 행동이나 행방에 집중하여 수사하기 시작한다.

두 번째 살인의 피해자는 평소 친분이 있던 야쿠자 "엔도"라는 남성으로, 엔도는 세키네가 살인을 한 사실을 알고 있는 사람이었다. 엔도는 자신에게 돈을 주지 않으면 부부가 살인한 사실을 경찰에 신고하겠다고 협박했다. 처음엔 세키네도 수긍하고 어느 정도 돈을 지불하려 했지만 엔도의 요구 금액이 점차 말도 안 되게 커져갔다. 그러다 부부가 모아둔 전 재산을 노리자 세키네는 두 번째 살인 계획을 세우기 시작했다. 인간은 원래 변화를 싫어하지 않는가? 첫 번째 살인 때 손쉽게 독살을 성공한 부부는 이번에도 같은 수법으로 엔도와 그의 운전기사를 죽여버린다. 그리고 다음 날

아침 집 근처 강에 시신을 유기했다. 나중에 엔도의 실종 신고를 받은 경찰은 엔도가 실종되기 직전 만났던 사람이 세키네라는 것을 파악하고 그를 찾아가 체포한 뒤 조사하였지만, 결국 세키네는 증거불충분으로 풀려나게 된다.

그리고 역시 한 번이 어렵고 두세 번은 쉬웠나 보다. 세키네는 이후로도 계속해서 살인을 저지른다.

세 번째 살인의 피해자는 애견 샵 직원이던 A군의 어머니다. 사실 그녀는 이미 오래전부터 세키네와 불륜 관계를 유지해왔는데, 그녀에게 권태기가 온 세키네는 그녀의 재산을 훔쳐 살해하기로 결심한다. 결국, 그녀 또한 독살한 후 인근 하천에 시신을 유기했다. 이렇게 세키네의 주변에서 많은 사람이 사라지는데 명확한 증거를 찾지 못해 답답한 경찰은 주변 사람들에게 절대 세키네와 단둘이 만나지 말라며 경고한다. 그러던 1994년 1월 26일, 오사카에서 유사한 연쇄 살인 사건의 범인이 체포당하게 되는데, 이로 인해 각종 매체에서는 사이타마에서도 비슷한 일이 벌어지고 있다며 세키네의 범행을 수면 위로 떠오르게 했다. 졸지에 세간의 큰 주목을 받게 된 사이타마 연쇄살인사건. 이때부터 세키네는 부담이 되기 시작했다. 사람들의 관심이 쏠린 만큼 경찰도 수사 인원을 총동원하여 집중 수사할 테니 말이다. 이때, 세키네는 자신의 친했던 지인을 앞세워 결백을 주장했다. 이 지인은 세키네가 살인을 저지를 때 도와준 적이 있었기 때문에 자신에게 불똥이 튈까 봐 그의 알리바이를 입증해주었다. 하지만 나중에 이 지인이 사기죄로 체포되며, 자신이 사이타마 연쇄살인사건의 피해자들을 죽이는 일에 가담했다는 자백을 하게 된다. 야마자키 또한 이 사건들의 공범으로 지목되어 체포되었는데, 그는 자신은 아무 것도 모른다고 시치미 떼며 집으로 돌아가자마자 부인과 함께 도주했다. 여기서, 과거 야마자키의 부인이 5억 원 상당을 횡령했다는 사실이 드러나자 경찰은 이를 빌미로 그들을 추격하기 시작했다.

그러다 결국 1994년 11월 24일, 야마자키의 부인이 먼저 경찰에 붙잡혔다. 이 과정에서 야마자키는 도주에 성공했지만, 언젠간 자신도 잡힐 거라는 불안감에 결국 자수한다. 이후, 야마자키는 경찰들이 다 보는 앞에서 시신을 유기했던 하천으로 데려가 현장 검증을 하게 된다. 이때, 첫 번째 피해자의 유골과 의류품을 발견하게 된다. 그 후로 야마자키의 증언에 따라 두 번째, 세 번째 피해자들의 유골도 발견된다. 충분한 증거가 모인 1995년 1월 5일, 경찰은 세키네 부부를 피해자 카와사키의 시체 훼손 및 유기 혐의로 체포하게 된다. 결국 두 부부는 사형을 선고받았고, 야마자키는 징역 3년 실형을 받게 된다. 현재, 부인 카자마는 자신은 남편의 협박에 따를 수밖에 없었다며 재심을 요청하는 중이라고 한다. 그녀는 부부생활 중 알몸으로 발가벗겨진 채, 현관 콘크리트에 무릎을 꿇고 앉아 무릎 위에 블록을 3~4개나 올리는 등의 학대를 당했다고 주장한다. 그럼 세키네는 어떻게 됐을까? 그는 도쿄 구치소에 수감되어 생활하다가, 심장에 물이 차는 병인 심낭삼출을 치료받다가 사망해버렸다.

미공개 X 파일

부산 부전동
모텔 여주인 살인사건

사건 기록

사건 발생일: 2010년 10월 1일
사건 발생지: 부산광역시 부산진구 부전 2동(서면) 유흥가에 위치한 버킹검 모텔

현장 진술
당시 모텔 종업원이던 김 씨가 아침 10시쯤 출근했다. 원래는 카운터 문이 잠겨 있어야 하는데 문이 열려있었고 방 내부는 심하게 어질러져 있었다. 쌀이 여기저기 흩뿌려져 있었고, 피 묻은 숙박부가 문 앞에 떨어져 있었다. 깜짝 놀란 김 씨는 잔뜩 어질러 놓은 채 사라진 이전 근무자 이 씨를 찾으러 간다. 그리고 얼마 안 가 카운터 옆에 있는 창고 겸 모텔 종업원의 근무 중 생활하는 공간으로 사용하던 101호의 문이 굳게 잠겨있는 것을 발견했다. 평소대로면 카운터 문이 잠겨있고 101호의 문이 열려있어야 했지만, 이번엔 그 반대로 되어있었다. 무언가 이상함을 느낀 김 씨는 열쇠 수리공을 불러 101호 문을 강제로 열었는데, 방 안에는 이전 근무자 이 씨가 이불에 덮인 채 피투성이로 쓰러져 있는 걸 발견했다. 놀란 김 씨는 바로 119에 신고했지만, 이미 이 씨는 숨진 상태였다.

HOTEL
Oslo

이 사건의 특이한 점은 시신이 굉장히 끔찍하고 처참한 상태였다는 것인데, 이 씨는 범죄 심리학에서 '오버킬'이라고 부르는 행위를 당한 상태였다. 오버킬이란, 이미 치명상을 입어 무력화된 상태의 피해자를 가해자가 계속해서 공격하는 행위이다. 이 사건에서 이 씨는 옆구리와 복부, 가슴 쪽에서 30개, 양쪽 팔과 손에서 6개, 얼굴과 목, 어깨 부위에서 21개, 등과 허리에서 17개의 상흔이 발견됐다. 그 말은 무려 칼로 74번을 찔리고 베였다는 것이다.

그중에서도 가장 치명적인 손상은 가슴 부위의 2개의 자창이었다. 자창은 깊게 찔러서 생긴 상처인데, 한 번은 흉기가 심장을 관통했고, 또 한 번은 허파를 관통했다. 이 씨는 아마도 이때 사망한 것으로 추측된다. 그렇게 쓰러진 이 씨를 가해자는 계속해서 온몸을 난도질한 것이다. 그런데 범인은 이 씨를 그렇게 잔인하게 죽여 놓고, 이 씨의 얼굴부터 상체까지 이불로 덮어놓는 행동을 보였다. 이는 죽은 피해자의 얼굴이 보이는 것을 부담스러워하는 심리에서 나타난 행동으로, 범인은 아마 피해자 이 씨와 평소 알고 지내던 면식범이었기 때문에 자신이 죽인 이 씨의 모습이 보기 싫어 가린 것으로 추측한다. 이것 말고도 이 씨와 범인이 면식범이라고 추측되는 이유가 있는데, 그건 바로 카운터 문이다. 평소 모텔에서 일을 하는 직원들은 카운터 문을 굳게 잠가두고, 작은 창문을 통해 손님들과 대화하고 키를 주고받는다. 그런데 만약 낯선 사람이 와서 카운터 문을 강제로 열려고 했다면 분명 손잡이가 부서지거나 문이 찌그러지는 등 흔적이 남았을 텐데, 문의 상태는 말끔했다. 그렇다는 건 피해자 이 씨가 범인에게 순순히 카운터 문을 열어줬다는 뜻으로, 범인이 이 씨가 카운터 방에 들어오게 할 만큼 친하고 평소 알고 지내던 사람일 가능성이 있다. 사건이 발생한 버킹검 모텔은 약 20개의 객실이 있었는데, 대부분 근처 유흥업소에서 일하는 장기 투숙객이 묵던 곳이었으며 일반인들이 하루 머무는 방은 겨우 4~5개밖에 없었다. 모텔은 건물의 2층과 3층이었고, 건물 1층엔 식당이 있었다. 그럼 범인은 건물 CCTV에 찍혔을까? 사건 당일 건물 1층에 있던 CCTV를 확인해본 결과, 이 씨의 사망 추정 시각인 새벽 3시쯤 버킹검 모텔에 20~30대로 추정되는 젊은 남성이 30분만 들어갔다 나오는 게 포착되었다.

영상을 자세히 분석한 결과 남성은 키 171cm 정도의 보통 체격이었는데, 그는 유일하게 CCTV에 찍힌 사람들 중 신원 확인이 불가능한 사람이었다. 경찰은 신원 확인이 안 된다는 것부터 굉장히 의심스러웠던 그를 더욱 집중해서 조사하기 시작했다. 우선, 이 남성을 유력 용의자로 지목하고 모텔 인근 CCTV를 모두 확인해보았는데, 정확히 얼굴이 찍힌 영상은 없었

지만, 한 가지 이상한 점을 포착했다. 모텔에서 나올 땐 왼손을 주머니에 넣고 오른쪽 팔을 흔들며 걸어갔는데, 모텔과 좀 떨어지자 양 손바닥을 확인하는 모습이 포착된 것이다. 그는 고개를 숙이고 양 손바닥을 펼쳐서 뚫어져라 쳐다보고 있었다. 만약 그가 범인이라면, 칼을 그렇게 많이 휘둘렀는데 손이 멀쩡할 리가 없었다. 따라서 피가 묻고 상처가 난 왼손을 숨긴 채 모텔을 빠져나와 이쯤이면 멀리 도망쳤겠다 싶어서 자신의 손 상태를 확인하는 것이라 추측된다. 그렇다면 용의자로 의심되는 사람은 이 남성이 전부였을까? 아니다. 사건 당일 이 씨가 숨진 채 누워있던 방에는 여러 물건이 있었는데, 그중 이 씨의 피가 묻어있던 수건에서 어떤 남성의 DNA가 발견됐다. 검사해본 결과 DNA의 주인은 당시 모텔 건물에 공사를 하러 왔던 수리공이었다. 순식간에 유력한 용의자로 떠오른 수리공, 하지만 경찰에서 조사한 결과 사건 당일의 알리바이가 분명했으며, 거짓말 탐지기에서도 의심할만한 여지가 없었다. 또한, 그의 증언에 따르면 사건 발생 일주일 전 수리를 하다가 온몸이 먼지로 뒤덮이는 바람에 101호실에서 샤워를 하고 해당 수건을 사용했다고 한다. 그렇게 수리공은 용의 선상에서 벗어나게 된다.

이외에도 용의자로 의심되는 사람들이 있었다.

첫 번째, 수리공의 증언에 따르면 이 씨가 분명히 아기에게 분유를 먹이는 모습을 봤다고 했다. 또한 모텔에 공사를 하러 왔을 때, 남편으로 보이는 남성을 자주 목격했다고 한다. 수리공은 남성이 모텔에 자주 놀러오고, 이 씨와 아기랑 함께 있었기 때문에 당연히 둘은 부부사이이며 그 남자가 남편인 줄 알았다고 한다. 하지만 놀랍게도 이 씨는 자녀가 없는 미혼 여성이었다. 심지어 그녀의 가족들은 이 씨가 결혼하거나 출산한 적은 당연히 없으며, 연애 경험도 없다고 말했다. 만약 이게 사실이라면 왜 이 씨는 아기와 남편의 존재를 친구들과 가족에게마저 숨겼을까? 이유는 알 수 없지만, 일부 사람들은 이 남성이 이 씨와 몰래 아이를 낳고 키우다가 어떠한 이유로 살해한 범인이라고 추측한다.

두 번째, 당시 버킹검 모텔에서 일하던 직원 A는 이 씨의 손님들이 모텔에 왔었다고 했다. 그들은 젊은 남성 1명, 중년 여성 3명으로 그 사람들이 모텔을 떠나고 나서 이 씨에게 무슨 일이냐고 물어봤다. 그러자 이 씨는 그들이 사이비 종교의 신자들이며, 자신에게 돈을 내라고 요구했다고 말했다. 이때 이 씨의 표정이 좋지 않았다고 한다.

세 번째, 이 씨는 3남매 중 막내로, 두 명의 오빠가 있었다. 이 씨가 사망하기 한 달 전 아버지가 돌아가셨는데, 아버지의 재산은 약 10억 원 상당의 모텔과 6억 원 상당의 자택이 있었다. 아버지는 돌아가시면서 자녀들에게 재산을 3등분해서 나눠 가지라는 유언을 남겼는데, 이 씨는 모텔을 계속 운영하고 싶어 했고 두 오빠는 그렇게 하라며 호텔을 양보했다. 하지만 아버지가 죽기 직전, 이 씨의 큰 오빠가 집에 들어와서 아버지의 인감을 찾으려고 집안을 샅샅이 뒤진 적이 있어 이 씨가 지인에게 겁을 먹고 호소한 적이 있었다. 따라서 잠깐 의심을 받았지만, 두 오빠 모두 사건 당시 부산이 아닌 다른 지역에 있던 알리바이가 확인되어 용의선상에서 벗어났다.

결국 이 사건은 용의자로 추정되는 남성이 CCTV에 찍혔지만, 끝내 정체를 밝히지 못하고 끝난 미제사건으로 남게 되었다. 버킹검 모텔은 살인 사건 이후 바로 폐업했으며, 현재는 근처의 롯데백화점이 인수하여 벽을 헐어버린 뒤 창고로 사용 중이다.

이케다 초등학교 무차별 살상 사건

2001년 6월 8일 일본 오사카부 이케다시의 이케다 초등학교. 한 여교사가 학교 앞 화단에서 외부인 남성이 학교로 들어가는 것을 목격했다. 그녀는 학부모라고 생각해 별 생각 없이 지나쳤으나, 이후 끔찍한 일이 발생한다. 학교에 들어온 남성은 1963년생으로 당시 38세였는데, 이름은 타쿠마 마모루였다. 그는 건물 안으로 들어오자 옷 안에 숨겨둔 흉기를 꺼내들었다. 그러고는 학교의 동쪽 끝 출입문으로 들어와 눈앞에 있던 2학년 A반으로 성큼성큼 들어갔다. 당시 교실에는 선생님과 아이들이 있었는데, 일반적으로 낯선 사람이 교실에 들어올 일은 딱히 없기 때문에 선생님은 그를 보며 누군지 의아해했다. 하지만 금세 선생님의 표정이 굳어졌다. 왜냐하면 타쿠마의 손에 쥐어진 칼을 봐버렸기 때문이었다. 상황파악이 끝난 선생님은 아이들에게 교실 밖으로 도망치라고 소리쳤다. 하지만 어린아이들이 이런 상황을 갑자기 직면하면 빠르게 행동하기란 쉽지 않았다. 학생들이 우왕좌왕하던 와중 타쿠마는 가까이 있던 학생들부터 칼로 찌르기 시작했다. 타쿠마는 건장한 성인 남성이었기 때문에 아직 작고 여린 아이들은 그에게서 도망치기란 쉽지 않았다. 하나 둘씩 아이들이 비명을 지르며 교실 밖으로 도망쳤고, 타쿠마는 도망치다 넘어진 학생을 칼로 찌르는 등 도망치지 못한 학생 4명에게 치명상을 입히거나 죽여버렸다. 타쿠마가 휘두르는 칼끝엔 일말의 죄책감도 없었다. 그저 살인을 즐기는 듯했다. 이후 그는 곧장 옆의 2학년 B반으로 들어간 다음, 5명을 죽이고 3명에게 중상을 입혔다. 이어서 2학년 C반으로 넘어간 타쿠마는 그 반의 아이들까지 흉기로 무참히 난도질했다. 그렇다고 이 상황에서

교사가 가만히 있진 않았다. 교사는 타쿠마에게 의자와 같은 물건을 던지며 저항했지만 결국 그의 칼에 찔려 교사도 중상을 입게 된다. 이미 충분히 많은 아이를 위험에 빠트린 타쿠마. 하지만 그는 만족하지 못하고 반을 유유히 빠져나와 이번엔 학교의 서쪽 끝으로 향했다. 그는 이미 이성을 잃어버린 듯 했다. 이곳은 더 어린 1학년 학생들이 생활하는 곳이었는데, 마침 교외 수업을 마치고 교실로 돌아오는 학생들이 있었다. 이때 복도로 걸어오던 아이들에게 한 교사가 “이쪽으로 들어오면 안 돼! 도망쳐!”라고 처절한 목소리로 소리쳤고, 아이들도 직감적으로 위험함을 느꼈는지 다들 학교 밖으로 뛰쳐나가기 시작했다. 그러다 타쿠마에게 칼에 찔렸던 교사 한 명과 부교장 선생님이 힘을 합쳐 타쿠마를 제압했는데, 이때 붙잡힌 상태에서 타쿠마가 했던 한마디는 주변에 있던 교사들을 소름 돋게 만들었다.

“아… 힘들다!”

그의 모습은 방금 무차별 살인을 한 사람치고는 너무나도 태연한 모습이었다. 이 모든 사건이 일어나는데 걸린 시간은 겨우 10분 정도였다. 사건 당일 그로 인해 초등학생 8명이 사망했으며, 교사 2명과 학생 13명이 심각한 중상을 입었다.

신고를 받고 출동한 경찰은 타쿠마 마모루를 체포한 다음 그에 대해 조사하기 시작했다. 그렇게 신원을 조회하던 중 경찰은 깜짝 놀라게 되는데, 왜냐하면 그가 워낙 사고를 많이 치고 살아왔기 때문이었다. 그의 전과를 살펴보면 참 다양하게도 범죄를 저질렀다. 예전엔 가출한 소녀를 꼬셔서 강간하려다 실패하였고, 결국 어느 맨션의 관리인으로 일하던 시절에 해당 건물에 살고 있던 여성의 집에 침입해 그 여성을 강간하게 된다. 운전을 하는 것에서도 그의 성격이 드러났는데, 운전 중 뒤에서 따라오던 차의 라이트가 눈이 부시다며 차를 부숴버리고 고속도로를 역주행한 적도 있다. 타쿠마는 여러 번의 결혼과 이혼을 반복하기도 했다. 이때 그는 아내를 자주 때렸으며 참다못한 아내가 이혼을 요구하자 그녀를 스토킹했다. 이외에도 길에서 시비를 걸어 싸움을 하는 등 여러 범죄를 많이 일으켜 한 직장에 정착하지 못하고 여기저기 돌아다니는 인생을 살았다. 타쿠마는 왜 이렇게 폭력적이고 삐뚤어진 삶을 살아온 걸까? 그는 탄생하는 순간부터 불행 그 자체였다. 타쿠마는 애초에 아무도 원하지 않는 생명이었기 때문이다. 타쿠마의 어머니는 그를 임신했을 때 낙태를 하려고 했지만 시기를 놓쳐 어쩔 수 없이 낳게 되었고, 타쿠마가 자라는 내내 '너 같은 건 태어나지 말았어야 돼' 같은 혐오 발언을 내뱉었다. 또한, 아버지는 사무라이 집안에서 태어나 매우 가부장적이고 폭력적이어서 집안에서도 가족들에게 군기를 잡고 학대를 해댔다. 어렸을 때부터 가정폭력에 시달리며 존재 자체를 부정당한 타쿠마는 당연히 올바른 아이로 자라날 수 없었다. 학창시절엔 자신보다 약한 친구들을 무시하고 노예 취급했으며, 여학생들을 희롱하기도 했다. 그리고 점점 몸집이 커지자 자신에게 욕을 퍼부었던 어머니를 폭행하기 시작했다. 이후, 학교에서는 타쿠마의 폭력적이고 친구들과 잘 어울리지 못하는 성격을 보고 강제 퇴학을 시켜버린다. 그렇게 성인이 된 타쿠마 마모루. 그가 유일하게 하고 싶었던 직업은 파일럿이었고, 파일럿이 되기 위해 자위대에 입대하게 된다. 하지만 군생활 도중 가출한 소녀를 강간하려다 발각되어 불명예 제대를 하게 된다. 그는 먹고살기 위해 건물 관리인, 택시 기사, 버스 기사 등 여러 직업을 구했지만 전부 사고를 쳐서 강제로 잘리는 삶을 살았다.

그는 가족에게도 최악의 혈연이었다. 타쿠마는 친형의 차를 부수는 등 성실히 사는 형에게도 피해를 끼쳤다. 형은 평생 동안 동생의 사고들을 수습하느라 지친 상태에서 사업까지 망해버리자 자살해버린다. 또한, 어머니는 타쿠마의 욕설과 폭행을 견디다 우울증에 걸렸으며, 정신병원에 다니다 사망한다. 그러다 최후에 타쿠마는 대량 학살을 계획하고 초등학교에 침입했던 것이다. 나중에 알게 된 사실로, 원래 타쿠마는 오사카 시내에서 대형 트럭을 운전해 사람들을 무차별로 살인할 계획이었다고 한다. 하지만 발걸음이 느린 아이들을 노린다면 더 많은 사람을 죽일 수 있다고 판단하여, 그 장소를 초등학교로 변경했다고 한다. 이후, 재판과정에서 놀라운 사실이 발견되었다. 평소 타쿠마 마모루는 정신병이 있다고 주장하며 약을 먹고 있었는데, 사실 이는 살면서 범죄를 저지른 후 형량을 낮게 받기 위한 도구였을 뿐, 사실 그는 정신병이 없었다. 조사원이 이 사실에 대해 묻자, 그는 "죄송하다. 사실 약은 안 먹었다. 모두 연기였다"며 실토했다. 그리고 그는 재판 과정에서 여러 가지 망언을 쏟아냈는데, 사형을 선고받은 직후 "사형시켜 줘서 정말 고마워!", "난 어서 빨리 죽고 싶으니까 진짜 고맙다. 드디어 죽을 수 있다고 생각하니 안심이야", "니들 인생보다 내 인생이 승리야"라고 했으며, "내가 죽인 아이들은 내 자살을 위한 발판이 되려고 살아온 거야! 진짜 감사해. 그 애들이 8명이나 죽어줘서 내가 죽을 수 있는 거니 감사해야지! 죽어줘서 고마워! 그래도 사형이 되려면 3명으로 충분했겠지. 나머지 5명은 덤으로 감사해줄게!" 라고 죽은 아이들을 모독했고, 이를 본 유가족들은 오열하며 그 자리를 박차고 나가 법정이 소란스러워졌다고 한다. 이후, 2003년에 변호인이 항소했으나 타쿠마 마모루가 스스로 항소를 거부하여 결국 사형이 확정되었다. 그는 감옥에서 생활하며 옥중에서 만난 사형 폐지 운동가인 여성과 결혼을 했고, 사회에 있는 한 여성에게도 고백 받아 옥중에서 편지를 주고받으며 지냈다. 하지만 2004년 9월 14일, 오사카 형무소에서 그의 사형이 집행되어 그는 세상을 떠나게 되었다. 이때 그의 나이는 41세, 마지막 유언으로 "감옥에 있는 저와 결혼해준 아내에게 고맙다고 전해주세요"라는 말을 남겼는데, 끝까지 자신이 죽인 아이들에겐 사과하지 않았다.